ハヤカワ文庫 SF

<SF2147>

宇宙英雄ローダン・シリーズ〈555〉

クラスト・マグノの管理者

マリアンネ・シドウ&エルンスト・ヴルチェク

星谷 馨・稲田久美訳

早川書房

8066

PERRY RHODAN

DIE STUNDE DER KRIEGER

OPERATOREN FÜR KRUSTE MAGNO

by

Marianne Sydow

Ernst Vlcek

Translated by
Kaori Hoshiya&Kumi Inada
First published 2017 in Japan by
HAYAKAWA PUBLISHING, INC.
This book is published in Japan by
arrangement with
PABEL-MOEWIG VERLAG KG
through JAPAN UNI AGENCY, INC., TOKYO.

目次

クラスト・マグノの管理者

惑星の民

マリアンネ・シドウ

登場人物

ペリー・ローダン……………………銀河系船団の最高指揮官
ロワ・ダントン………………………ローダンの息子
ジェルシゲール・アン………………シグリド人艦隊の司令官
チルブチュル…………………………プラネット・ピープル。完全個体
チラチルサル…………………………同。半個体
チレチラム……………………………同。炎なし
チルン…………………………………同

1

最後の……とにかく自分たちでは最後だと思っていた……〝完全個体〟は、次のように語った。

現在〝発音不可能な者〟と呼ばれる種族は、はるか昔、楽園のような惑星に住んでいた。言い伝えを信じるならば、その惑星も発音不可能な者の祖先もまだ存在するかもしれない。そこは無限の彼方なので、帰ることなどとうてい考えられないが。

当時は賢明なる祖先でさえ、無限アルマダやトリイクル9についてなにも知らなかった。そんなある日、かれらの惑星に粗暴で好戦的な宙航士種族がやってきて、数千名の同胞が宇宙空間へと拉致された。理由は明らかで、発音不可能な者が特殊能力を持つことをどこかで嗅ぎつけたらしい。たとえば、それぞれの完全個体から二名の完全個体が生まれるのだが、これが四名の〝半個体〟になりうる。あるいは十六名の〝四分の一個体〞、二百五十六名の〝八分の一個体〞、六万五千五百三十六名の〝十六分の一個体〞にもなりうる……かなりの数だ。

かつて発音不可能な者の社会はたいへん安定していたため、半個体、四分の一個体、八分の一個体を誕生させる必要はめったに生じなかった。十六分の一個体が生まれることなど、ほぼ皆無（かいむ）といってよかった。この個体は並はずれた身体能力を持つものの、知力は乏しく、動物と同じで決まった作業しかできないからだ。おまけに寿命もみじかい。

ところが、数千名の完全個体を拉致した好戦的種族の狙いは、まさにその十六分の一個体だった。戦闘に勝つには最良の手段に思えたのだろう。完全個体がたった一名いれば、その子供たちからりっぱな傭兵団ができあがる。この傭兵団に関して見逃せない利点は、わずか数日で育成できること。命令したことだけをさせればいいし、戦闘終了時にはほぼ確実に死んでいるため、給与も発生しない。数十名が例外としてすこし長く生きのびたところで、あっさりほうりだせばよかった。十六分の一個体は知性が低いので、欺瞞（ぎまん）を見抜くこともそれに抵抗することもできない。

ただ、盗っ人宙航士たちにもひとつミスがあった。完全個体も同じくおろかだと思いこんだことである。すこし脅せばしたがうだろうと考え、よけいなことをしゃべりすぎたのだ。おかげで完全個体は、自分たちがいかに非道なやり方で悪用されようとしているかを知った。

完全個体というのは種族のなかでも高い教養を持ち、あらゆる者の尊敬を集めている。そのころ、種族の言語に〝戦争〟や〝殺害〟という言葉は存在しなかった。そもそも十六分の一個体が誕生したのも、惑星が天災に見舞われたさい、すこしでも個体数の減少を食いとめるため、即時の判断がもとめられた結果のなりゆきだ。だが、かれらはそれをいつまでも嘆くことはせず、種族のために役だちながらも知性をあたえられなかった、この不幸な子供たちを尊重した。なのに、かつてないことが起きようとしている。異人の盗賊がおのれの戦闘のため、十六分の一個体を悪用しようというのだ。親の指示で死んだことなどない者を。この犯罪行為を知って完全個体たちは愕然とした。危機感に駆られ、拉致者に対して反旗をひるがえした。

異人が気づかぬうちに、知力の低い下等個体が多数生まれていた。かれらが異人の宇宙船団に殺到してこれを掌握するあいだに、完全個体のほうは異人の技術をある程度まで習得した。無血勝利だ。だが、そこはなにしろ善良で平和を好む者たちである。自分たちが故郷惑星への帰途につく前に、まず敵を帰還させることにした。

ところが、完全個体は自分たちの思い描いたとおりにことが進むよう、充分な注意をはらわなかった。それがしだいに明らかになってくる。気がつくと、星々ひしめく宙域にきていて、いずれが故郷の慈悲深い母星だか、まるで見当がつかない。かれらはお人よしにも、拉致者に助けをもとめた。そこできわめて不愉快な論争に巻きこまれ、ようやくぺてんにかけられたと気づいたのだった。

それでもかれらはあくまで平和的で、唾棄すべき相手を殲滅するどころか、船団の一部を引きわたし、こんどは自分たちであらためて故郷を探すことにした。条件は悪くない。宇宙船はまだ一万隻ほどある。未知の機能もあるが、じきに勝手がわかってくるだろう。あまり大きい船ではないから、操縦はかんたんだ。八分の一個体でもあつかえるはず。八分の一個体の数は、操縦をまかなえるくらいには増えていた。

かれらは多くの星系を訪ねた。居住惑星もたくさんあり、そこに住む生命体は問題や危機をかかえている場合が多かった。発音不可能な者は可能なかぎり協力を惜しまず、おかげで大遠征のあいだも退屈しなかったが、そのかわり、しだいに泥沼にはまっていくこととなった。

昔から語りつくされてきた説話がある。あるところに、木や動物の言葉がわかる男がいた。気のいい男はみんなの役にたちたいと考えたものの、だれの都合いいようにもできず、意気消沈した。木は自分のからだを虫に食われて命があぶないと嘆く。ところが男が虫を退治しようとすると、虫は自分たちもつねに敵に狙われており、飢え死にしないために木をかじるのだという。敵は鳥やクモだと聞いて、男がそこへ向かうと、鳥やクモもやはり虫を食わないと飢え死にするといい、敵に狙われていると嘆く。こうした説話はたいてい、男が言葉を理解する能力を失うところで終わるのだ……それで悩みはすべてなくなりました、と。

発音不可能な者のケースも似たようなものだった。はじめは自分たちが悪用されたなど気づきもしなかったが、それを知って衝撃を受け、それまで未知だった〝不信感〟や〝不安〟という概念を手に入れた。また悪事に利用されるのではないかという不安から、惑星を持つ星系を訪れるのを避けるようになり、自分たちが星々のあいだを放浪している理由も忘れてしまった。この時点ですでに、故郷惑星のことをおぼえている完全個体はわずかになっている。これだけの数の宇宙船を動かすには、下等個体がたくさん必要だ。その需要を忘れて完全個体を生みだせる者など、ほとんどいなかった。

ほかの種族から悪用されることをつねに心配したかれらは、ついに星々のすくない銀河宙域にやってきた。安心できる眺めではあるが、恐ろしいほどの虚無空間だ。そこで無限アルマダと遭遇したのである。

とりわけ過敏な完全個体たちは最初、拒否と怒りをもって反応し、その態度は当然ほかの者にも伝染した。だが、無限アルマダと詳細なコンタクトをとった結果、完全個体の不安は解消する。かれらはあらたな目標を得て活気づいた。それがたとえ、よくわからない目標だとしても。

その目標とは、トリイクル9という名のなにかを探すことだという。聞いたところによると、発音不可能な者やその故郷惑星や無限アルマダが存在する全宇宙にとって、トリイクル9は非常に重要なものらしい。したがって、なにを犠牲にしても見つけなくてはならないそうだ。完全個体がこの話を信じると、自動的に奇妙な子供たちも同調した。数名の半個体が異論を述べたものの、すぐに引っこめた。

こうして発音不可能な者は無限アルマダに統合され、艦隊の一セクターをあてがわれた。だが、異人から奪った小型宇宙船では目標到達にたいして貢献できないと、すぐに気づく。そこで、拿捕した船の構造をじっくり調べて改造にとりかかった。故郷惑星での慣用句に〝知力ある完全個体に不可能はない〟というのがある。まだ三、四名のこっていた完全個体がこれを証明してみせた。もとは簡素な小型船を豪勢な大型艦に換装すべく、設計プランを練る。だが、大型艦にはより多くの乗員が必要だ。そこで、望ましい数以上の卵を孵し、子供を誕生させて宙航士に育てた。

やがてかれらは無限アルマダのなかでも一大勢力となり、より重要な艦隊セクターを割りあてられ……その結果、ますます艦の改造と子孫の増加がもとめられることになった。そのせいで、以前よりきびしく子供たちを駆りたてるようになる。ひとえに、無限アルマダの大いなる目標を信じたためだ。

ところがある日、最後の完全個体が死を迎えた……状況が許さなかったため、完全個体の子供をのこさないまま。かれらは自分たちの努力があだになったことを知ってショックを受け、最後の完全個体の死を種族への一撃のように受けとめた。

完全個体が種族に欠かせない存在であることは、生殖能力を持たずロボット並みにあつかわれる十六分の一個体でさえ知っている。完全個体だけが完璧な遺伝形質をそなえており、種族のさらなる発展に寄与できるのだから。

かれらはそれからも無限アルマダの意にそった任務にとりくんだが、もう前ほど一所懸命にはなれず、その熱意を急いで完全個体を生みだすほうに振り向けた。だが、ここで思わぬ問題が立ちはだかる。

発音不可能な者は雌雄同体だ。だれでも子供を持つ、つまり出産することができる。とはいえ、かつて出産は完全個体にまかせられ、半個体や四分の一個体が身ごもるのは例外的な場合だけだった。その状況のままなら、かれらが大局を見失うこともなかっただろう。しかし実際は、無限アルマダの役にたとうと必死になるうち、古いしきたりはないがしろにされてしまった。乗員数を増やすため、四分の一個体や八分の一個体までが子供を持つことになる……これは、しきたりに反する行為だ。知力の低い下等個体の出産についていうと、血統に関する古来の掟も守られなくなった。それにしたがえば、遺伝形質の四十パーセント以上が一致する者どうしは子供を持ってはならないのだが。この掟は、完全個体の賢者たちが太古に定めた種族のしきたりとちがい、書物のかたちになってはいない。自然のなかから生じたものだから。

二名の完全個体がつがうと、ふつうは一個ずつ、つまり二個の卵が生まれる。そこから孵化した子供はまた完全個体となる。だが、それには多少の集中力を要する。発音不可能な者には生来、多くの子供をのこしたがる性質があるからだ。したがって、完全個体は卵の増加を意図的におさえなくてはならない。その制御がゆるむと卵がふたつに分裂してしまい、二名の半個体が誕生する。その場合、より高等あるいは同等の知力を持った個体を生むことはできなくなる。直系の者どうしから生まれた子供もまた同じだ。たとえば、そうした血統を持つ四分の一個体のペアからは、八分の一個体か十六分の一個体しか誕生しないということ。

いっぽう、八分の一個体のペアが四分の一個体を、四分の一個体が半個体を、半個体が完全個体を生みだせることもある。それはペアのどちらもまったく異なる血統の出自だと確実にわかっていて、卵の分裂を制御できる場合にかぎられる。ところが熱心に個体数増加にはげんだ結果、この段階でどうしようもないほど混血が進み、だれにも先の見通しがたてられなくなった。宇宙船内にひしめく四分の一個体、八分の一個体、十六分の一個体は、いずれもどこかで血がつながっている。わずかにのこった半個体はなんとか完全個体を生みだそうとしたが、結局、体力はあっても知力の低い子供がたくさん誕生することとなった。

発音不可能な者は、かつての秩序をとりもどす道を必死で探りはじめた。そのせいで、無限アルマダの法規をほぼ逸脱してしまう。脱走さえしなかったものの、それまで巨大艦隊に存在したこともなかったプロジェクトに着手したのだ。

せまい宇宙船のなかで縛られた生活をしているかぎり、目的は達成できないというのが、かれらの出した結論だった。惑星が必要だ。おたがいに距離をたもつことができて、自然な関係をとりもどせる世界が。

無限アルマダのなかに惑星は存在しないし、おのれの利益のためによその天体を乗っ取るのは種族のしきたりに反する。そこでかれらは、自分たちで惑星をつくろうと決心した。これでわかるように、このあわれな種族は、惑星がいったいどういうものなのかまったく知らなかったのである。ただ、惑星は大きいものだと思っているだけで、だれにもぶつからずにその上を……あるいはその〝なか〟を……歩けるなら充分だろうと考えた。あまりに長く宇宙船内にいたため、四方をかこまれた場所以外での暮らしを想像できなくなっていたので。また、惑星に欠かせないものがある。最後の完全個体たちがしょっちゅう話していた……水、石、砂、植物、動物、孤独、危険、安全、安心感などだ。

いずれも未知の概念だったが、かれらは大胆にも惑星創造にとりかかった。このとき以来、スクラップや宇宙の瓦礫（がれき）など、宇宙船で到達可能な範囲に存在する物体はすべて利用されることになる。かれらは発見したものを文字どおりなにもかも集めてくっつけ、組み合わせ、ひとつの構造物にかたちづくっていった。それを惑星と呼ぶのは、葉巻を犀と呼ぶほど無理のあることだったが、とりあえず自分たちの暮らす宇宙船より大きいものにはなった。

発音不可能な者はこの〝惑星〟を誇らしく思い、〝故郷〟と名づけることにした。そこには水で満たされ、異星植物のはびこるホールがあった。小惑星を使った石がちの地表や、砂や埃を盛ってつくった小山もあった。

ある者は入り組んだ場所で迷ったさい、孤独を感じたという。またある者は、いくつかある入口エアロックのひとつに到着したさい、絶え間なく聞こえてくる同胞のおしゃべりに安心感をおぼえたという。かれらはぶあついプラスティックの台座にすわりこみ、熱いスープをすすったり合成ビスケットをかじったりした。

〝惑星〟には危険もあった。安定しているとはいえない状態だから、くっつけた部分がずれてくる恐れがある。植物といっしょに一定数の小動物も持ちこまれている。これが予期せぬときに変異して害をおよぼすかもしれないので、将来ある子供たちのため、適当な場所に閉じこめなければならなかった。

とくに勇気ある者は〝惑星〟表面を散策した。宇宙服を着用したり、泡状の防御バリアに身をつつんだりして、難破船の残骸やアステロイド、その他あらゆる廃棄物を使って創造された、変わりやすい風景のなかを歩きまわった。

しだいに〝惑星〟はかれらの生きがいになっていった。それをつくった本来の目的も忘れ、完成させることのみに熱中した。完全個体を生む努力はしていたものの、いつか成功するという希望はすでに失われ、完全個体の誕生などおとぎ話だと公言する者まであらわれた。

上を下への大騒ぎが持ちあがったのは、そんなときだった。みじかくも意義深い時代のはじまりである。

ちいさな同胞、チルブチュルが登場したのだ。そのふるまいのどこを見ても完全個体だとわかる。種族一の懐疑家でさえよろこびを爆発させた。チルブチュルは二名の半個体から生まれ、〝故郷〟の洞穴のなかでたいせつに育てられた。両親は子供の誕生をひたかくし、アルマダ印章船におもむくこともしなかったため、チルブチュルにはアルマダ炎がない。これが悪い結果につながるのはまちがいあるまい。

しかし、だれかがそのことに思いをいたす前に、無限アルマダがトリイクル9を発見したという知らせが舞いこんだ。当然ながら大騒ぎとなり、唯一の完全個体がアルマダ炎を持たない事実はふたたび忘れられた。そのあとすぐ、トリイクル9に突入せよという命令が、発音不可能な者にもとどいたのである。

通常空間に復帰したときは、もとの艦隊セクターと異なるポジションにいた。

かれらは動揺したものの、パニックにはならなかった。〝故郷〟にとってはむしろ悪くない状況だ。

というのも、人工惑星は最初から安定せず、ときおりずれが生じていたが、いまやあらゆる場所が崩壊の兆しを見せていたのだ。かれらは無限アルマダのことも、アルマダ炎を持たない完全個体のことも、トリイクル9のこともすべて忘れた。考えるのはただひとつ。〝故郷〟を救わなければならない。

この不適切と思われる状況で、あえてチルブチュルは持論を述べることにした。「いずれにせよまともな惑星じゃないんだし、今後もそうはならない。そこに真の故郷をもとめたところで、むだなこと。無限アルマダから離脱しよう。いまがチャンスだ。秩序は乱れ、アルマダ中枢は沈黙している。いまわれわれがいなくなっても、気にとめる者はいない。惑星を探そう……ほんものの惑星を。そこであらたな生活をはじめるんだ」

「〝故郷〟のことは忘れたほうがいい」と、半個体の同胞に語りかける。

半個体たちはあっけにとられてチルブチュルを見た。ちいさな完全個体は……頭上にアルマダ炎がないので、実際にちいさく見える……おちついたようすで立っている。まるで、なにも不謹慎なことなど提案していない、といいたげに。たしかに悪くはないにしろ、ほかのだれかがそういうことをいえば、たちまち袋だたきにあっただろう。だが、これはほかのだれかでなく、尊敬すべき唯一の完全個体の発言なのだ。

半個体たちは予期せぬ言葉に混乱し、麻痺したようになった。無限アルマダの法規にはしたがうべきだが、完全個体の意見をないがしろにもできない。無限アルマダに忠実であろうとするなら、チルブチュルを追放するか、アルマダ作業工に報告する必要がある。しかし、だいじな完全個体を危険にさらすわけにはいかない。

このジレンマからかれらを解放したのは〝故郷〟の窮状であった。発音不可能な者が完全個体への尊敬の念を捨てることはけっしてなかったが、その思いはかれらにとって、まだなじみあるものではない。いっぽう、人工惑星への愛着はすでに数世代のあいだ脈々と受け継がれてきたため、どうにも変えられなかった。かれらはチルブチュルのことは無視して、大急ぎで〝惑星〟を救いに向かった。

その状態はひどいものだった。ドーム形バリアは大部分が崩壊し、地表には深い溝が刻まれている。すでに剝がれてしまった瓦礫がいくつか、宇宙空間を漂っている。ちいさな人工世界の内部に真空が生じ、慣れ親しんだ奇妙な〝惑星〟のいたるところでずれが見られた。カタストロフィの兆候が明らかになった時点で、種族のほとんどが〝故郷〟にいなかったのはさいわいだ。さもなければ、数千の死者が出たのはまちがいない。それでも発音不可能な者たちは、おのれの命など惜しくないとばかりに、決死の覚悟で〝惑星〟の残骸を救おうと突進していく。チルブチュルのことなど頭にない。

やがて、自分たちだけで〝惑星〟を組み立てなおすのは無理だとはっきりわかる時がきた。そこでようやく、かれらは救難信号を発したのだった。

2

ジェルシゲール・アンはシグリド人宿舎になっている倉庫ホールの入口付近に立ち、憂鬱そうにあたりを見まわして自問した。迷子になるほど巨大な宇宙船のなかにいるのに、われわれはこんなせまい場所でぎゅうぎゅう詰めにならなくてはいけないのか？ テラナーはもっとひろい場所を提供してくれるはず。こちらが依頼しさえすれば。

だが、それにはかれらの意にしたがう必要が出てくるだろう。アルマダ中枢はテラナーを敵とみなし、トリイクル9を憂慮すべき状態にした責任があると考えている。そんな者たちに、シグリド人種族のような筋金入りのアルマディストが妥協できるはずはない。旗艦を失い、テラナーのお情けを受けただけでも、充分に悪夢なのだ。

可及的すみやかにシグリド艦を見つけ、移乗しなければならないのはたしかである。しかし、ほかの艦がいまどこにいるか見当がつかないのも、またたしかなこと。

アンは暗い気分を振りはらい、ホール奥に向かって足を進めた。どこも部下たちであふれている。倉庫にあるものをなんでも使い、自分たちの好きなようにベッドや家具がわりにしてかまわないとテラナーはいってくれたが、そうしている者は数えるほどしかいない。大半のシグリド人は現状もよく把握できずにいるらしい。

ほとんどは黙ったままうずくまり、数名が小声で話をしているだけだ。司令官代行タ－ツァレル・オプがいるかと思ったが、見あたらない。右の壁ぎわに目を向けると、照明がいくつか消えており、暗闇のなかで数名が横になっている。オプもそこにいるようだ。アンとのあいだにいくつか意見の食いちがいがあったため、ふてくされて引きこもったのだろう。

明るく照らされたホール入口から急に暗い場所に入ったので、最初は方向を見定められなかった。それでも、眠りまどろんでいる者たちのことはわかる。頭上にアルマダ炎が輝いているからだ。歩いていると、なにか大きく柔らかいものにつまずいた。アンははじめ、毛布の類いだと思った。シグリド人種族の例にもれず、つねに整頓を心がけている司令官は、それをひろおうとして身をかがめる。

そのとき、目の前にあるのは置きっぱなしの寝具などではないと気づいた。シグリド人だ。死んでいる。アルマダ炎がない。

驚いてしばらく動けなかったが、ふたたびかがみこみ、信じられない思いで部下のからだを探った。まだ温かい。だれだかわからないが、死んで間もないのはたしかだ。アンはさらに両手で触れてみて……いきなり立ちあがった。あまり急に動いたので、背中の脂肪の瘤に鋭い痛みがはしる。

だが、それも気にせず、理解不能なことを必死に理解しようとした。死んだと思った相手が息をしていたのだ。呼吸は深く安らかで、よく眠っているとしか思えない。

なのに、なぜアルマダ炎が消えたのか？

アンはホールの明るく照らされたほうにいる者たちを見やった。だれかを呼んでこのシグリド人を明かりの下に運ばせ、じっくり観察しようかと思ったのだ。だが、なにかがためらわせた。この事実を明るみに出さないほうがいいと、本能が告げる。

まだ背中が痛むのもかまわず、部下の上に身をかがめ、軽く揺すってみた。

「起きろ！」せっぱつまった調子で命じる。「いったいどうした？」

相手はぴくりともしない。よろこぶべきか焦るべきか、アンにはわからなかった。この男が実際に死にかけているとしたら、アルマダ炎が消えるのがいささか早すぎたのかもしれない。これまでそんな話は聞いたことがないが、なにごとにも最初の例というのはある。いっぽう、なぜこの男が死にそうなのかという疑問はのこる。納得いく理由は思いつかない。《ボクリル》にいたさい、命の危険がありそうなシグリド人は一名もいなかったが。

アンがまだ考えをめぐらせていると、想像もしていなかったことが起きた。

死んだも同然に見えた男が、いきなり起きあがってぶしつけにこういったのだ。

「なんのつもりだ？　どうして睡眠のじゃまをする？」

ジェルシゲール・アンは度肝を抜かれた。部下の無礼な口調も気にすることなく、

「生きてたのか？」と、びっくりしてたずねる。

「あたりまえだ」相手は怒って答えたあと、ようやく目の前にいるのがだれだか気づいたらしい。きまり悪げにすわりなおし、自重してつづけた。「失礼しました、司令官とは知りませんで。申し訳ありません」

「それはどうでもいい」アンは当惑して手を振り、「眠りを妨げるつもりはなかったのだが、きみが死んだか、あるいは重病かと思ったのでね」

「体調は良好ですが」その声を聞いたアンは、暗がりに目が慣れてきたこともあり、目の前の男がだれだかわかった。技術者のウルドだ。シグリド人種族にしては非常に分別があり、熱心なアルマディストでもある。

どうやって真実を告げようか、と、アンは悩んだ。だが、ウルドは現実的な理性の持ち主で、上官がなにをいいたいかおのずとわかったらしい。

「司令官がそう思われた理由はただひとつ。わたしのアルマダ炎がないからですね」と、驚くべき冷静さで述べ、アンの反応を待つ。

アンは慎重に肯定した。ウルドは頭をそらして上を見あげ、

「消えたのです。司令官……これはどういうことなのでしょう?」

「見当もつかん」アンは沈んだ声で白状した。

ウルドはまだ上を見あげ、頭上で両手を動かしている。目には見えなくともアルマダ炎の存在を感じられるのではないかといいたげに。アンはショックをおぼえながら、そのようすを見つめた。もし自分がかれの立場なら、どうするだろう。だれかがやってきて、恐るべき真実を告げたとしたら……突然、恐怖に襲われ、痛みがはしるのもかまわず頭をそらす。ほっとしたことに、アルマダ炎はそこにあった。アンはまたべつの問題を思いだし、

「なにか変化はあったか?」と、ウルドに訊く。

相手が聞こえなかったようなので、ふたたび同じ質問をした。

「いえ」と、簡潔な答えがあった。

「体調がいいというのは本当か?」

ウルドはようやく両手をおろし、

「はい」と、打ちひしがれたようにいう。「こんなこと、現実でなければいいのに」

その気持ちはよくわかる。

すくなくとも、シグリド人のなかでは前例のないことだ。ほかのアルマダ種族については確信がないが、やはり想像できなかった。

無限アルマダ内にアルマダ炎を持たない生物がいるのは知っている。だが、それはアルマディストではない。たいていはある特定の種族で、ロボットと変わらない……決まった仕事をさせるべく養成された生物だ。自立して思考できず、寿命もみじかい。シグリド人はこの例ではない。ほかには、もし種族のなかにアルマダ炎を授けられない者がいた場合、追放者として無限アルマダ内で寄生生活を送るという話もあった。

ジェルシゲール・アンはこのおとぎ話を信じてはいない。そんな追放者を実際に見たこともない。いっぽう、アルマダ炎を持たない者アルマディストにあらず、というのもたしかだ。シグリド人にもあらず。シグリド人は全員、アルマダ炎を持つのだから。

ということは、ウルドはもうアルマディストでもシグリド人でもないのか？

この問題はいまここで解決できない。《ボクリル》にいれば、あるいはすぐ判明したかもしれないが。アルマダ中枢にことのしだいを報告し、指示を待っただろう。

その可能性がないことを、アンははじめてありがたいと感じた。ウルドに義理があるわけでもなく、ほとんど面識もないが、熱心なアルマディストだというのは知っている。しかし、アルマダ中枢もそれを知っているかどうか、定かではないのだ。ウルドを追放しろと命じられる可能性もある。そう考えて、アンは気分が悪くなった。

「これからどうなるのでしょう、司令官？」ウルドが小声で訊いてきた。

ジェルシゲール・アンは姿勢を正した。

あたりを見まわし、だれもこちらに注意を向けていないのでほっとする。時間が稼げそうだ。自分たちをふくめ、無限アルマダの強大な部隊がおかれた奇妙な状況について考えた。ウルドのアルマダ炎が消失したのも、さらに奇妙な出来ごとのはじまりにすぎないのかもしれない。たとえその推測がまちがっていたとしても……《バジス》にいるシグリド人二千五百名は、いまのところ無限アルマダからも同胞の僚艦からも孤立している。まだしばらくはこの状態がつづくだろう。そんな状況で、ウルドのアルマダ炎が消えたことにかまってなどいられまい。かれが注目されるのも、ほかの艦が見つかるまでの話だ。それからのことは、あとで考えればいい。

「とりあえず、この暗がりにいるのだ」アンは物思いを中断し、ウルドに指示した。「拙速は禁物。いまの無限アルマダはわれわれの知るかたちではない。すべてが変わる可能性がある。ひょっとしたら、われわれ全員がアルマダ炎を失ったのち、無限アルマダがもとどおりになるのかもしれない。まずはようすをみよう」

「わかりました、司令官」ウルドが感謝の念をしめす。アンは急いで目をそらした。本心からの言葉ではない。部下が考えなしの行動に出ないように、なぐさめのつもりでいっただけのこと。嘘も方便として許されるだろうが、それでもアンは相手の目をまともに見られなかった。

目がすっかり暗がりに慣れたので、休息中のシグリド人をなんなく見わけられる。オプはいない。アンは不安をおぼえ、ホールの明るいほうへともどった。そのかたすみに数名のシグリド人が集まっているのを発見。みな興奮したようすで、だれかに食ってかかっている。集団のなかにオプの姿が見えた。だが、かれらが糾弾（きゅうだん）している相手はだれだろう。

思わずウルドのほうを振り向いた。かれがアンよりずっと体力もあって速く動けるのはたしかだが、どんなにすばやく暗がりを飛びだしておのれの不運を嘆き叫んだとしても、これほどすぐにここまでこられるわけはない。それはともかく、もしウルドがそんなことをすれば、こっちも気づいたはずだ。ひろいホールとはいえ、それに気づかないほど広大ではない。

アンは背中の瘤の痛みをこらえた。急いで動くといつもリウマチの発作が出るのだ。騒ぎの原因を憶測するのはやめて、早く現場に向かうことだけを考える。そのとき、ほかのシグリド人も同じ場所に急行しているのが見えた。

その場に着くと、押しよせる群衆の列がすでに三つ四つできていた。なにがあるかはまだ見えない。アンはいらだって群衆を押しのけた。かれらはぶつぶついったが、相手がだれだかわかるとすぐに道をあけた。騒音を圧してオプの声が響いてくる。

ところどころしか理解できなかったが、〝追放〟という言葉だけははっきり聞こえた。アンはあたりかまわず集団のまんなかに進んでいき、突然、立ちどまった。そこには、この人だかりの原因となったシグリド人二名がうずくまっている。《ボクリル》のまったく異なる部署に属する二名だが、ただひとつ共通点があった。どちらもアルマダ炎を失っていた。

＊

《バジス》はエネルギー圃場（ほじょう）を抜けた。危険な宙域を過ぎて、もうグーン・ブロックにたよる必要もない。エネルギー圃場を監視していたアルマディストが何度か攻撃してきたものの、あまり熱心ではなかった。かれらもまた、無限アルマダの混乱状態と、アルマダ中枢からなんの指示もない事実を前に、とほうにくれているのだろう。《バジス》がエネルギー圃場の直接のエリアを出たとたん、未知艦は後退し、いまは自分たちの持ち場で息をひそめている。また異宇宙船がエネルギー圃場に侵入しようとしたら、あらゆる手段で追いはらおうと手ぐすね引いているのは確実だ。そんなことはだれも考えていないのに。

エネルギー圃場の特殊な状況に探知システムが阻害されることもなくなり、M－82の眺めは見慣れたものになった。ともすると故郷銀河にいるのだと思ってしまいそうだ。だが、特殊な手段でのみ測定可能な差異をのぞくとしても、ここには見すごせないちがいがある。とてつもない数の宇宙船だ。よほどの理由がないと故郷銀河でも一度に探知できないような数を、はるかにこえている。

どこに向けて方向確認や探知を実施しても、そこらじゅう無限アルマダの艦だらけだった。この大軍のどこかに、銀河系船団に属するほぼ二万隻がまぎれこんでいる。無数のアルマダ部隊のあいだにばらまかれ、巨大な異銀河のなかで方向を見失い……しかも悪いことに、この銀河は強大な敵の本拠地なのだ。

この出来ごとは〝紙吹雪現象〟と名づけられた。愉快な名だが、当事者たちが体験したなりゆきは愉快どころではない。

フロストルービンを抜ける〝無抵抗の道〟は、予想したとおりM－82につづいていた。しかし、その後の経過は予想とは異なった。銀河系船団のフォーメーションは、確実にこうなると思われたかたちから大きく逸脱していたのだ……無限アルマダのようなはるかに強力な相手が迫る状況で〝確実〟といえるならの話だが。

フロストルービンは突入時と同じかたちで船団を吐きだすことはせず、徹底的にかきまぜた……そうとしか考えられない……のち、つむじ風に紙吹雪を乗せたごとく、M－82じゅうに無作為にまきちらした。

それだけではない。《バジス》はM－82に到達したさい、追ってきた無限アルマダの艦をすでに探知していた。このことから、フロストルービン内では空間のみならず時間の秩序もないと考えざるをえない。つまり銀河系船団も無限アルマダも、個々の艦船やまるごと一部隊がしばらく前にこの異銀河に吐きだされたいっぽうで、ほかの部隊はまだフロストルービン内部に引っかかっている可能性もあるわけだ。すくなくとも、いま《バジス》の通信到達範囲にある複数のアルマダ部隊はここにきて間もないため、状況の変化を把握しきれていないらしい。アルマダ共通語で通信メッセージが飛びかっているのがなによりの証拠だ。

どこも混乱のきわみにある。

それ以上のことを交信内容から探りだすには、ふだんの無限アルマダの状況を知る必要があった。テラナーにはその情報がほとんどないといっていい。

だが、いま《バジス》には二千五百名ほどのシグリド人が乗船している。アルマダ種族のかれらなら、傍受したメッセージや救難信号を正しく解釈できるはず。ペリー・ローダンはそう考え、シグリド人司令官を司令室に呼びよせた。

ジェルシゲール・アンはすぐにやってきたが、いつも以上にとっつきにくい印象だった。黙ったまま大量の通信メッセージを聞きなおすうち、ますます内にこもっていく。ローダンはそれを不安げに見守っていたが、ついにがまんできなくなり、

「外の状況はどうだ？」と、勢いこんで訊いた。

「かなり混乱している。ひとつひとつの内容を聞きわけるのは困難だ」と、アン。

「われわれにはな」ローダンは皮肉な調子で応じた。「だが、きみにとってはよく知っ

た言語だろう。内容を教えてくれ。なにか役にたてるかもしれない」

「いや」アンはとっさに口にした。「いま役にたてるのはアルマダ中枢だけだ。まだなにもいってこない」

「しかし、アルマダ部隊が危機にあるのなら……」

「それはたしかだが」アンはテラナーの言葉をさえぎって、「その危機はあなたには理解できない」

「そうやって情報を出し惜しみしていると、こちらにとってもきみたちにとっても状況は悪くなるばかりだぞ」ローダンが指摘する。

アンはしばらく沈黙していたが、やがて意を決したように、

「アルマダ炎を失うアルマディストが増えているのだ」と、ゆっくりいった。「われわれの仲間にも三名いる。最初はテラナーの船に滞在しているのが原因かと思ったが、そうではないらしい。ほかのアルマダ艦でも同じことが起きている」

ローダンはシグリド人司令官を見つめて考えこんだ。ジェルシゲール・アンの外観が異質に見えるのは、頭上に浮かぶ光る球のせいも大きい。

アルマダ炎がアルマディストにとって非常に重要であることは、テラナーもすでに知っている。この光る球は外見上でただひとつ、すべてのアルマディストが所持するものだ。現状を考えると、共同体における唯一の印章ともいえる。この炎があれば、いかな

る者でも無限アルマダの一員ということ。

現在、アルマダ部隊は分散していた。M－82についてわかっていることは多くないが、セト＝アポフィスの勢力範囲の中枢である以上、超越知性体の補助種族が居住するのはまちがいあるまい。ここで異艦船に出くわしたなら、そうした種族かもしれないと覚悟する必要がある。無限アルマダはとてつもない規模を持つため、アルマダ炎という印章がなければ、その一員だと見分けるのはむずかしいだろう。

そう考えると、アンがアルマダ炎を失った者のことを心配するのはよくわかる。しかしいまのところ、失ったとはっきりわかっているのはわずか数名なのだから、いささか過剰反応ではないか。アンにローダンがそういうと、

「あなたにはわからない」と、沈んだようすで答えた。「アルマダ炎はわれわれにとり、たんなる印章ではないのだ。アルマディストが生まれてから死ぬまで、アルマダ炎はともにある。死なないかぎり、かんたんに消えたりはしない」

「だが、炎の消えたシグリド人三名は生きているのだろう。つまり、そういうこともあるわけだ」

アンは否定するように手を振り、

「話が嚙み合わない。さっきもいったとおり、アルマディストでないあなたにはわからないのだ」

「そうかもしれないな」ローダンは認める。アンの機嫌をそこねたくなかったからだが、内心では驚いていた。アルマダ炎の消失とはそれほど動揺するものなのか。テラナーにとってみれば、無限アルマダのフォーメーションが乱れたことのほうがよほど重大に思えるが。

実際、救難信号の多くは、アルマディストたちが無限アルマダの現状に大きな危機感をいだいていることを伝えている。ほとんどの乗員は、必死でもとのポジションにもどろうとしていた。

ローダンはそのことをアンに告げた。シグリド人司令官は話題が変わってほっとしたように、

「これほどフォーメーションが乱れては、どうやってもとにもどしたものか」と、応じた。「われわれの力では無理だ。アルマダ中枢が介入しないと」

「なぜ介入しないのだろう?」

「わからない」アンはとほうにくれてつぶやく。トリイクル9に突入する前、奇妙に矛盾する命令を受けたことを思いだしたのだ。だが、あれこれ推測はしたくない。オルドバンの、あるいは無限アルマダをとりしきっている者の決定に対し、疑いをいだくのはよくないから。

「いまに指示がくる!」と、きっぱりいう。ローダンには、シグリド人がみずからを鼓

舞しているだけのように聞こえたが。

このあいだに、ますます多くの通信が傍受・解析されていた。いつかは銀河系船団の部隊からもシグナルがとどくだろう。だが、いまのところは距離が遠すぎるか、あるいはほかの理由から、こちらのメッセージに応答することができないようだ。

そのかわりに《バジス》は、ごく近距離から発せられた救助要請を受信した。ジェルシゲール・アンがまたもやおちつかなくなる。シグナルは広域通信を使っており、せっぱつまったように〝助けて！〟というばかりだ。相手の種族名はかんたんに発音できないものだったが、ローダンのトランスレーターは、シグリド人司令官の言葉を〝プラネット・ピープル〟と解釈した……すなわち〝惑星の民〟だ。この古めかしい英語表現が、なぜかふさわしいと判断されたらしい。

だが、アンはこの種族をたんに〝発音不可能な者〟と呼んだ。そのようすから、かれらのことをよくは思っていないのがわかる。

「発音不可能な者がこの近傍にいるのなら、クラスト・マグノからも遠くないということ。《バジス》のコースを変更したほうがいい」

「なぜだ？　プラネット・ピープルは危険な存在なのか？」と、ローダン。

「かれらはアルマディストだ」アンの表情はきびしい。

答えになっていないとローダンは思ったが、どうやらシグリド人司令官はこの話題に触れたくないようだ。

「〝クラスト・マグノ〟とは？」と、訊いてみる。

きょうはなにを訊いてもまともな答えが返ってこないらしい。アンはいきなりからだをひるがえし、

「部下のところにもどる」と、いった。「ほかの種族にもアルマダ炎の消えた者がいることを知らせなくては」

ローダンはうなずくと、大儀そうに出ていくシグリド人を見送り、考えこんだ。

「父上がわたしの意見を聞きたければいいますが」ロワ・ダントンが皮肉まじりにいった。「われわれ、いいようにあしらわれたわけですね」

「当然だ」ローダンはつぶやく。「わたしがアンの立場でも、やはり必要最小限の情報しか出さないだろう。かれ自身はわれわれにふくむところはないと思う……ただ、アルマダ中枢がこちらを敵とみなしているものだから、したがうほかないのだ」

「クラスト・マグノというのはいったいなんでしょう？」

「見当もつかんが、無限アルマダに関係するのはまちがいない」

「ジェルシゲール・アンに負けず劣らず策士ですな」

ローダンはちいさく笑い、

「お客に合わせないとな」と、コメントする。かれと息子がいまいるのは司令室のいち

ばんすみっこだ。そこで、ウェイロン・ジャヴィアには通信ごしにこう伝えた。「このままコースを維持せよ」

3

発音不可能な者は〝故郷〟を保持しようと必死だったが、人工惑星はどんどん分解していった。それとともに種族じたいも壊れていくかのようだった。

チルブチュルは艦の会議室にのこっていた。仲間にくわわらなくても、どうということはない。生まれてからずっと人工惑星で生活してきた唯一の者として、いかに〝故郷〟が不安定な構造物であるか知っているからだ。全体のかたちをたもつのは、ふつうに考えてもたいへんな努力を要する。一度でも大きな衝撃を受けたら、ばらばらになってしまうのは避けられない。せいぜい完全に散らばってしまう前に破片を捕まえ、ふたたび集めてくっつけるくらいが関の山だ。

そんなことをしても意味がないと、チルブチュルは思っている。発音不可能な者は数百年、数千年にわたり〝故郷〟のかたちをたもってきた。ただ、それはトリイクル9に突入する前の話だ。そのときは無限アルマダの庇護下にあったし、割りあてられた任務もたいして時間をとられないものだったから、人工惑星の作業に傾注することができた。

しかし、状況は変わった。無限アルマダはいま、フォーメーションをたてなおす必要に迫られている。アルマダ中枢がなにもいってこないかぎり、これは非常に困難な試みになるはず。それはおくとしても、あらたに編隊を組むとなれば不格好な人工惑星を引っ張っていくどころではなくなる。四方八方にちらばった破片を集めるのはさらにむずかしくなるだろう。アルマダ中枢かその代行から、役にたたないがらくたなど捨てろ、と、命じられるかもしれない。

この状況に終止符を打つ道は、チルブチュルの思うところ、ふたつにひとつだった。無限アルマダから……すなわち現在のポジションから去るか、状況に甘んじて〝故郷〟もその歴史も捨てるか。そうなれば、今後、下等個体を生みだすのは喫緊の必要が生じた場合のみとなる。いっぽう、惑星やそこでの暮らしに対する種族のあこがれは非常に強い。そこでチルブチュルは、無限アルマダからの離脱を選んだほうがいいだろうと考えていた。

だが残念ながら、チルブチュルの意見に耳をかたむける者はいないらしい。かれにアルマダ炎がないせいだろうか。あるいは、無限アルマダにすっかり根を張った種族としては、切りはなされることなどとても考えられないのかもしれない。

それでもいま、種族は無限アルマダのことなど考えていないように見えた。

チルブチュルは手厚い教育を受けたので、宇宙船の機器類もなんなくあつかうことができる。スクリーンのスイッチを入れ、外側カメラを作動させた。ほかの者が見さかいなく外に出ていくのを見て驚く。かれにいわせれば、成果があがるとはいえないものの、艦内にとどまって人工惑星の救出作戦を指揮するほうが理にかなっていると思うのだが。同胞の無思慮な行動を見ると腹がたった。

自分が話をした相手は半個体だったはずだが、実際にそうなのか。本当の半個体なら、もっと冷静かつ知性的にことにあたるのではないか。

チルブチュルが〝故郷〟のようすを見てなにも感じないというのではない。むしろ逆だ。あそこで生まれ育ったのだし、人里はなれた洞穴での暮らしもおぼえている。なにより心が痛むのは、両親をのこしてきたこと。両親のかくれ場はとりわけ不安定なゾーンにあった。おそらく、とうに死んでしまっただろう。

チルブチュルはスクリーンを見つめて深い悲しみに沈んだ。自分といっしょにきてくれと、両親にはたのんだのだ。チルブチュルがかくれ場を出るのははじめてのことではなく、子供時代はあちこち歩きまわったもの。だが、自分の存在は隠蔽（いんぺい）されていたため、種族のほかの者と親密になることは避けていた。しかし、こんどは永久にかくれ場を去り、種族に対して素性を明らかにすることになる。かれは大きな不安をおぼえていた。両親がそばにいてくれたら、どんなに気が楽になるか。

両親はその気持ちを理解したが、チルブチュルといっしょに行くことは拒み、こういった。

「おまえは完全個体だ。両親を杖のごとくたよるのは、ためにならない。われわれがおまえをおろかな十六分の一個体みたいに導いていたら、だれにも完全個体だと信じてもらえまい。自由に、自信を持って種族の前に歩みでなさい。おまえならできる。だれよりも有能なのだから」

善良なる両親よ！　かれらはチルブチュルを心から信じていた。自分たちにふさわしい栄誉を受けるべく、息子にしたがうと、よろこんで約束してくれた。かれらは生涯かけてチルブチュルを養い、教育をほどこした。完全個体は、たとえば十六分の一個体のように短期間では成長しない。両親はチルブチュルを育てるあいだずっと、めったに〝故郷〟のなかを好きに出歩いたりしなかった。自分たちの成果を披露したあとではじめて仲間のもとにもどるつもりでいたからだ。大きな犠牲だったと思う。あのころ、発音不可能な者は仲間だけがたよりだったのだから。

両親亡（な）きいま、チルブチュルは深い孤独を感じていた。人工惑星は崩壊し、その破片には小型の艇や大きめの艦に乗った同胞が虫のごとくに群がっている。やめてくれ、と、祈る思いだった。滅びゆくものは運命にまかせ、生き返らせようとしないほうがいい。〝故郷〟を持続させようとする試みは、チルブチュルにとって不遜な行為にも感じられた。

だが、あの人工惑星と自分の関係は、ほかの者とすこし異なるのだろう。チルブチュルはあそこに住んでいたが、ほかの者にとって〝故郷〟は訪問場所でしかなかった。その差は大きい。

人工惑星はいまや周囲を破片にとりまかれ、埃のヴェールをまとったようになっていた。その下には多数の亀裂が見える。うちひとつは惑星の反対側に達するほど深い。大きなブロックがゆっくり剝がれ、ばらばらになって漂いはじめた。次の大きな破片は剝がれたのち、ふたつに分離した。チルブチュルが見ていると、それらの破片に宇宙船が衝突し、混乱して助けをもとめる声が通信機から押しよせてきた。破片をコントロールするのにグーン・ブロックを呼べという者、アルマダ作業工をよこせという者、増援部隊を要請する者……

この騒ぎに耐えられず、チルブチュルは通信機をオフにした。いきなり静寂が訪れ、聴覚を失ったのかと思う。スクリーンを見ると、人工惑星の中核部分が音もなくふたつに割れるところだった。荘厳とさえいえる眺めだ。その向こうから、種族の基準でいうとむせび泣きにひとしい声が聞こえてきた。

チルブチュルがいるのは発音不可能な者の旗艦だった。この艦だけが〝故郷〟救出作戦に参加していない。要員が人工惑星のことを気にかけていないからではなく、揺るぎない掟があるからだ。無限アルマダの法規にしたがえば、旗艦はそれじたいが部隊への責任を負うため、こうした見さかいのない行動に出ることは許されない。チルブチュルは当然この法規を知っているが、現状もよくわかっているので、いま旗艦にいるのは最小限の要員だろうと思っていた。アルマダ中枢が連絡してきたり、なにか事件が起きたりして特別な行動がもとめられた場合、対処できるぎりぎりの数ということ。だから、いまの状況でだれかがこの会議室に迷いこんでくるとは考えてもいなかった。そのだれかは人工惑星を救おうと急いで持ち場をはなれたため、ハッチひとつ開けるのさえもどかしかったのだろうか。ここはたしかに司令室の隣室だが、艦隊の中心でなにが起きているかは、ここより司令室のほうがはるかにたやすく確認できるのに。

そう考えていたチルブチュルは、物音を耳にして混乱した。はじめは、半個体のだれかが救出作戦の無意味さに気づいてもどってきたのかと思った。その者がどれほどぞっとする思いをしたか、ありありと想像できるので、ゆっくり慎重に振り向く。

そこには発音不可能な者が一名いた。外見から本当の半個体だとわかる。だが、すこし前に疑り深いようすでチルブチュルの言葉を聞いた者たちの仲間ではない。

見知らぬ者は室内に足を踏み入れたところだった。ハッチの防音カーテンをつかんで引きおろすと、床に沈みこみ、壁ぎわにうずくまる。疲労困憊し、絶望しているようだ。スクリーンには見向きもしない。

その姿にチルブチュルは同情をおぼえた。両親のことも人工惑星のことも忘れて本能的に立ちあがると、見知らぬ者に近づいて身をかがめる。

「見た目ほど状況は悪くないよ」と、優しくいった。「あらたな故郷を探そう。こんな人工惑星よりずっといい。心配するな！」

見知らぬ者は顔をあげ、打ちひしがれたようすでチルブチュルを見た。額の上にあるちいさな触角はぴくりとも動かない。死んだのかと思うほど無反応だ。ただ黙ってこちらを凝視している。

完全個体はとほうにくれた。無意識のうちに庇護本能が湧いてくる。この同胞を助けたい。しかし、どうしていいかわからなかった。

あれこれ悩んだすえ、両親に教わったことを思いだした。すばやく、しかるべき思いやりをもって、突然やってきた者をよく調べてみる。外傷は見あたらない。からだにはしる四本の側線についた呼吸孔は開いており、やはり無傷だ。体温は呼気でわかる。

見知らぬ者をそっと転がし、ランプの光が目にあたるようにして、顔の前で片手を動かしてみる。反応なし。明らかにひどいショック状態にあるようだ。

チルブチュルは当惑して立ちあがった。できることはなにもないらしい。

そのとき、あることに気づいた。いままで完全に見落としていた。自分と同じく、この見知らぬ者にもアルマダ炎がない！

だが、チルブチュルのような例はほかにないと両親はいった。かれらが嘘をいうはずはない。つまり、この見知らぬ者はアルマダ炎を持っていたが、それを失ったということ。

しかし、なぜ？　おぼえているかぎりでは、発音不可能な者がアルマダ炎を失うのは死ぬときだけのはずだが。

この半個体がなぜこれほどショックを受けたのか、やっとわかった。アルマダ炎が消えたからにはじきに死ぬと思っているのだ。いくらチルブチュルが人工惑星なしでも生きていけると保証したところで、かれにとって意味はない。

自分にできることはなさそうだ。そう思ってチルブチュルはふたたびスクリーンに目を向けた。そこにうつっていたのは驚愕すべき光景だった。

大きめの破片をめぐって、種族が戦いをくりひろげている！

＊

最初はたわいない争いだった。千隻ほどの艦をひきいていた数名の四分の一個体が、とりあえず人工惑星のほんの一部でも保持できそうだと気づいたのだ。まだ安定をたもっている物質片がひとつある。その破片から等距離に数十隻の艦が展開し、牽引ビームをくりだした。操作は困難だったが、〝小故郷〟……すぐにそう名前がついた……を引っ張っていくことは可能に思えた。

かつて発音不可能な者は〝部隊〟という言葉を最良の意味で理解していた。異なる血統のあいだにさえ、真の意味での差別は存在しなかった。だが、宇宙船暮らしが長くなってくると、必要に応じて割りあて任務を遂行する部隊をつくらなければならなくなる。一宇宙船のなかで異なるランクの個体がグループになれば、当然ながら不平等が生まれるもの。いくつかの部隊はごくかんたんな任務を割りあてられたため、寿命のみじかい十六分の一個体だけが乗りこめば充分で、そのリーダー役を二、三名の八分の一個体がつとめた。べつの部隊は四分の一個体と半個体だけで構成されていたが、半個体は数がすくないため、四分の一個体がリーダーとなった。

災（わざわ）い転じて福というべきか、これにより四分の一個体と八分の一個体にある種の自尊心が芽生えた。筋道たてた思考ができないかれらは、こう考えた……結局のところ、無限アルマダにおける種族の任務を遂行しているのは自分たちだ、と。半個体は理解不能で実務の役にたたないことばかりやっているではないか。

〝故郷〟を訪れる機会が下等個体になかったわけではない。とはいえ、実際にそこへ行くことはほとんどなかった。なによりも、ほかにやるべき仕事があったからだ。

四分の一個体や八分の一個体がそれを嘆いたり、不当にあつかわれていると訴えたりしたことは一度もなかった……十六分の一個体にいたっては、なにかに文句をいう能力さえない。ところが、人工惑星が崩壊し、あたりを漂うのは残骸片だけとなったいま、どうやら種族の全員にとり、ひと切れのケーキを手に入れるのがきわめて重要になってきたのだ。たとえどんなにちいさなひと切れでも。

半個体たちがもどってきたとき、チルブチュルはまだ会議室にいた。かれらが意見をかわすためにふたたび集まったのはとてもいいことだと思った。この宙域を意味なく飛びまわるより、よほど理性的だ。

ところが、話し合いがはじまると、チルブチュルは意見をあらためることになった。半個体はなにも学んでいない。もっといえば、まったく逆だったのだ。

気がつけば、大きめの残骸片に群がる部隊の数はますます増えていた。空手で帰る者は、よりちいさめの破片に向かう。それがライヴァル相手に乱暴なやり方をするのを見て、チルブチュルは仰天した。たがいに撃ち合うまではいかないものの、相手を出し抜くためにあらゆるトリックを用いている。もっと悪いのは、どの部隊も自分たちの獲物をとられまいと意地汚く監視していることだ。

この騒ぎを見てチルブチュルは思った。危機が迫っている。集めるべき残骸片はまだいくつかあるものの、もう人工惑星はすべての部隊に満足できる破片を提供できるほど大きくないし、分割も進んでいない。じきに獲物の奪い合いがはじまるだろう。

半個体たちがそのことに気づかず、危険とも感じていないとは信じられない。チルブチュルはかれらが一カ所にかたまっているところへ行き、期待をこめていってみた。

「種族間の内戦を防ぐ手段はひとつしかない。のこっている人工惑星を破壊するんだ。そうすれば争いの種はなくなる」

半個体は茫然としたようすでチルブチュルを見た。

「よくそんなことがいえますな！」いちばん年上のチラチルサルが口を開く。「〝故郷〟を破壊する？　どこからそんなばかな考えが出てくるのか？　その反対だ！　われわれ、もう一度〝故郷〟をつくりなおします！」

「みな、破片ひとかけらでもわたそうとしないだろう」と、チルブチュル。

「われわれは半個体で、命令する権利がある。みなはしたがうしかありません」

チルブチュルは突然、二対の脚の力が抜けた。身をかがめ、シートによりかかる。

「命令だって？」信じられない気持ちで訊いた。

「ほかにどうするので？」チラチルサルには罪の意識もないようだ。

「種族のあいだで命令するなど、これまで一度もなかった！」チルブチュルはあえいだ。

「そうしないと理解できない十六分の一個体をのぞいて。きみたちは種族のしきたりを忘れてしまったのか？」

「しきたりね！」チラチルサルは侮蔑的に、「それがなんになるのです？　伝統などなんの役にもたちません。状況が変わったんだから、適応しないと。この話はもういい。ほかの部隊と連絡をとります。目標に向けてきびしい処置をとれば、すぐに〝故郷〟をもとどおりにできるでしょう」

チルブチュルはもう一度、半個体の伝統意識に訴えようとしたが、だれも聞く耳を持たなかったのであきらめた。

チラチルサルみずからマイクロフォンに向かう。司令室にいるだれかが気を利かせて全艦インターカムにした。

チラチルサルはとうとうと得意げにしゃべるのが好きである。かれが長々と発したスピーチは大仰でもったいぶったもので、チルブチュルは嫌悪感をおぼえた。簡潔に表現できる内容にこれほど言葉を費やすなんて、発音不可能な者らしくない。スピーチが最高潮に達したのは、〝故郷〟の破片をすべて艦隊中央部に運び、そこで人工惑星をふたたび組みたてるよう要請したときだ。適切な順序とスケジュールはこれから検討する、とされた。

チラチルサルが話し終えると、ほかの半個体が熱狂的に拍手喝采した。

「すばらしいスピーチだった！」と、りっぱに曲がった触角を持つ若い一個体がいう。

「できることをしたまでだ」チラチルサルは自慢げに応じ、「かならず反応があるだろう」

チルブチュルはスクリーンに目を向けた。艦隊の動きがすべて見える。各部隊間の距離がすこし大きくなったことをのぞいて、なにも変化はない。

　そのとき、一スクリーンが明るくなった。体力のありそうな八分の一個体がうつっている。胸部の上方についた階級章から、十六分の一個体の小部隊をひきいるリーダーだとわかった。

「先ほどの要請について話し合った結果」と、冷めた口調でいう。「こちらで捕獲した残骸片を艦隊中央部に運ぶのは拒否すると決まった」

「きみたちの好きに決めていいとはだれもいってない！」チラチルサルは不機嫌にどなった。「破片を運ぶのだ。これは命令だ！」

　八分の一個体は両の前顎を押しつけた。これは軽蔑の笑みにひとしい。

「われわれ、命令など受けない！」あっさりいうと、接続を切った。

「それは……」チラチルサルは言葉を押しだしたが、すでにスクリーンは暗くなり、こんどはそこにべつの四分の一個体がうつしだされた。

「半個体はことを安易に考えすぎるようだな」と、前置きなしではじめる。「あなたが自身で捕獲した残骸片はひとつもないだろう。こちらのものをわたす気は毛頭ない」

　そういって、通信を終えた。

　チラチルサルの長いスピーチは失敗したのだ。半個体の要請をのむという部隊はひとつもなかった。

「気にすることはない」と、チラチルサル。「みな興奮のあまり、こちらがかれらのためを思っているとわからないのだ。じきに分別をとりもどすだろう」

「そうは思えないな」チルブチュルがさえぎって、「最初の大きさの〝故郷〟がいかにもろいものか、かれらは見た。そしていま、自分たちが人工惑星のいかにわずかな部分しか保持していないかも明らかに知っている。多くの部隊はほとんどつねに艦隊周縁部で任務を遂行してきた。中央部まできて〝故郷〟の恵みを享受する機会はほとんどなかった。だから、その破片が手に入っただけで満足なんだ」

「そんなもの、持っていてなんになりますか?」チラチルサルは激怒していた。「個々の破片はあまりにちいさすぎる。惑星の土を踏んでいる気分になれるはずがない」

「人工惑星をつくったってそんな気分にはなれないだろう」チルブチュルは冷静に応じる。

チラチルサルは否定的な目を向け、

「だれもあなたの意見など訊いていません」と、きっぱりいった。「ま、ようすをみましょう。かれらに分別がないのなら強制するまで。なにがあろうと、故郷をふたたび建造してみせます」

4

　半個体たちは辛抱強さに欠けていて、チルブチュルはふたたび絶望した。数時間後には、かれらは各部隊のリーダーのもとへあらためて向かったのだ。

　こんどのチラチルサルのスピーチはみじかいものだった。

「タイムスケジュールとくわしい指示を伝える。全員しっかり義務をはたして〝故郷〟の破片を決められた場所に時間どおりに運ぶのだ」

　すぐに応答があった。ただ、今回は個別にでなく、ぶよぶよに太った一個体が口を開いたのみ。半個体と自称しているが、そのプライドを満たすような系譜とは想像できない。

「わたしは〝小故郷〟所有者の代表だ」と、切りだす。「われわれ、大規模部隊を設立し、これまでどおりのかたちで人工惑星を再建することはしないという結論に達した。個々の破片もひどく損傷している。時間をかければ修復できるかもしれないが、ふたたび組み合わせるのは不可能だ。そこで、いまから各部隊内の破片はそのままとどめ、そこに属する乗員が自由にあつかえるものとする」

チラチルサルは空気をもとめてあえいだ。からだの側線四本にそってならぶ呼吸孔がはげしく震えているのでわかる。

「われわれに抵抗するつもりか？」と、信じがたいように訊いた。

「そうではない」と、〝小故郷〟所有者の代表。「あなたがたが許可をもとめるなら、いつでも破片を訪ねてきてよろしい」

「ばかな！〝故郷〟は艦隊中央部にあるものだ。これまでつねにそうだった」

「つねに？」〝小故郷〟所有者の代表は皮肉な調子で、「むしろ、艦隊中央部にあるものだと、半個体が決めたのではなかったか？　あなたがたは長いあいだ人工惑星の恩恵にあずかってきた。こんどはわれわれの番だ！」

「しかし……」

チラチルサルがスクリーンに手を伸ばす。チルブチュルは急いでかれを押しのけた。最後の完全個体がいきなり前に出てきたのを見て、〝小故郷〟所有者の代表はびくりとしたが、すぐに尊大なようすで胸をそびやかした。

「きみの名は？」チルブチュルはおだやかに訊いた。

「チルンです」

完全個体の遺伝形質のすくなくとも三分の一を受け継いでいるはずの者にしては、驚くほどみじかい名前だ。

「話がしたいのだが、チルン」と、チルブチュルはつづけた。「どこに行けばきみに会える？」

チルンは部隊名を告げた。二番めに大きい残骸片を捕獲した部隊だと、チルブチュルにはわかった。その残骸片には、両親が落命したと思われる場所もふくまれる。

「わたしを迎えてくれるか？」

「よろこんで」チルンはうやうやしく答えた。「失礼します。仕事にもどらなければ」

チルブチュルは肯定のしぐさをし、スクリーン上のチルンの姿が薄れていくのを見つめた。

チラチルサルは完全個体に不信の目を向け、訊いた。

「チルンのもとへ飛ぶのですか？」

「ああ」と、チルブチュルはひと言。

「なにをしに？」

「かれと話すためだ」

「なんについて？」

完全個体はスクリーンをさししめし、しずかに答えた。

「現状について。ほかになにがある？」

「わたしも同行します!」と、チラチルサル。「なにを話すのか聞いておかないと」

「いまここで聞かせることもできるが」

「なら、聞かせてもらいましょう!」

「チルンの部隊が捕獲した人工惑星の一部を破壊するよう、いうつもりだ」チルブチュルは平然といった。「さらに、最終的に残骸片をすべて破棄する必要があることを、ほかの部隊のリーダーに納得させてほしいとたのんでみる」

「まさか本気ではあるまい!」チラチルサルが大声を出し、ほかの者も口々に話しはじめる。

チルブチュルは身をひるがえした。これ以上、議論してもむだだ。半個体はどっちみち自分の意見など聞かないだろう。だが、チラチルサルはやすやすとチルブチュルを行かせる気はないようだ。引きとめると、

「だれもあなたのいうことなど聞きやしませんよ!」と、興奮していいつのる。「かれらがなにをもくろんでいるか、わかったはず。残骸片を所有しておきたいのです。破壊しろなどと要求したら八つ裂きにされますぞ。相手はまともじゃないのだから!」

「わたしはなにも要求する気はない」チルブチュルは辛抱強くいった。「なぜ破壊する必要があるか説明するだけだ。かれらもわかってくれるはず」

チラチルサルは自分がミスをおかしたと気づいた。突然、チルブチュルに対するチル

ンのうやうやしい態度を思いだしたのだ。下等個体たちの完全個体への敬意は明らかなものがある。なぜその影響力を最初からこちらの目的に利用しなかったのか？　だが、まだ遅すぎるということはあるまい。

「こっちのこともわかってください！」と、とっさにいった。「チルブチュル、あなたの計画についていては、どんなにうまく説明したところでかれらは聞く耳持ちません。だが完全個体の影響力をもってすれば、残骸片をさしだす気にはなるかもしれない。こっちにはあらゆる譲歩の用意があります。今後はすべての部隊が交替で艦隊周縁部での任務につくこととし、だれもが〝故郷〟を訪れる時間を前より多くつくれるようにしましょう。チルンがほかにもなにか要求してきたら、容認してけっこう。われわれがなんとかします。ただ、どうか残骸片の破壊だけは勘弁していただきたい。もう一度〝故郷〟をつくるのに協力してほしいと、かれらに伝えてください」

チルブチュルは辛抱強く耳をかたむけていたが、やがていった。

「ひとつ忘れているぞ。チルンの話だと、個々の残骸片は損傷がひどくてふたたび組み合わせるのはむずかしいそうだが」

「出まかせですよ！」チラチルサルは軽蔑したように、「自分たちの計画をやりやすくするための方便にすぎません」

この意見をむげに押しやることもできず、チルブチュルはためらった。もしかしたらチラチルサルのいうとおりかもしれない。だからといって、本当に〝故郷〟の再建を支持すべきなのだろうか？

そのとき背後で物音がして、チルブチュルは振り向いた。

すっかり忘れていたが、アルマダ炎を失ったあの見知らぬ者だ。あれからずっと動かずにいたが、いまは起きあがっている。一同の驚きの視線が集まった。

チルブチュルとちがって、ここにいる半個体たちはアルマダ炎を持たない同胞を見慣れていない。種族のなかでアルマダ炎がないのは、知性体というより生体ロボットに近い十六分の一個体だけだ。寿命がみじかいため、アルマダ印章船に連れていこうとしても、その前に死んでしまう。チルブチュルは人工惑星の奥まった領域で、アルマダ炎を持たない十六分の一個体をいつも見かけていた。かれらはよく危険な仕事を引きうけさせられていたもの。

だから、目の前の者を見てもすぐには異常と思わなかったのだ。ところが半個体たちは即座に気づいたらしい。

「チレチラム！」だれかが声を絞りだした。「なにがあったんだ？　アルマダ炎はどうした？」

「わからない」と、チレチラム。「なにがなんだか。いきなり消えたのだ」

チラチルサルがチレチラムからチルブチュルに視線をうつし、

「あなたのしわざか？」と、不審げに訊く。「かれのアルマダ炎を奪ったのか？」

ばかげた容疑だとチルブチュルは思った。アルマダ炎を盗んだり消滅させたりできないことくらい、だれでも知っている。アルマダ炎はアルマダ印章船でしか手に入らず、保持者が死ねば消える。もしチレチラムがその例外だとしたら、あらゆる原因が考えられよう。

「そうにきまっている！」チラチルサルがだみ声で意地悪くいう。「こんな方法でアルマダ炎を手に入れようとしたわけか？　だが、失敗したとみえるな。チレチラムから炎を奪ったものの、自分の頭上にいただくことはできていない」

チルブチュルは非難をまともに受けとめる気などなかったが、ほかの半個体が敵意を向けてきたので、とっさに考えをめぐらし、チレチラムのほうを向いていった。

「かれらに説明してくれ。起きたことすべてを……わたしがきみを助けようとしたこともふくめて」

チレチラムはかれを見つめ、とほうにくれたように両腕をあげて、

「なにもおぼえていません」と、いいはった。「どうやってここにきたかもわからないのでして」

「それはかまわない。ここでアルマダ炎をなくしたわけじゃないんだから」チルブチュルは安心させるように応じる。「いつどのように炎が消えたかだけ、説明してくれれば

いい」

チレチラムは視線を宙にさまよわせ、所在なさげに触角を動かしたが、とうとういった。

「残念ながら、それも思いだせません」

チルブチュルには失望の念をあらわすひまさえあたえられなかった。独房に閉じこめられてようやく、なにが起きたのかを悟る。半個体たちのことも、しだいにわかりはじめた。

かたい床にうずくまったまま、意気消沈して冷たく暗い壁を見つめる。両親と別れた悲しみをまだ克服していなかったが、かれらがもう生きていないことで、ある意味ほっとした。この不名誉な失敗をすくなくとも知られずにすんだのだから。

最初からやり方がまちがっていた。いきなり自分の考えを披露して半個体たちを驚かせてはいけなかったのだ。あれほど拙速(せっそく)でなかったら……拙速は完全個体には非常にふさわしくない性質だ……一名ずつと慎重に話し合い、まずは新しい考え方に慣れさせようとしていただろう。なによりも、かれらが混乱し不信感をいだいたとき、あんなにはっきりと反論を述べなかっただろう。

〝故郷〟の残骸片を破壊しろといったため、半個体はショックを受け、反発したのだ。とはいえ、力ずくでこちらをとめることなど当然できないはずが、アルマダ炎を持たない半個体の登場で口実が生まれた……と、チルブチュルはしばらく熟考する。それでも、この機会を利用した半個体を恨んだりはしなかった。チレチラムの不幸の責任をこちらに押しつけるのがいかにばかなことか、きっとかれら自身もわかっている。だが、それを認められないのだろう。

＊

チルブチュルのことを気にかける者はだれもいなかった。独房はしずかなままだ。外の音も聞こえない。

昼間はランプがともされる。一日三回、壁についた取出口が開き、熱いお茶と甘すぎる合成ビスケット二枚をのせた皿が置かれた。夜はほぼ消灯され、ランプにはかすかな銀色の光がのこるだけだ。

こうして三日三晩が単調に過ぎた。生まれてこのかた、これほど満たされぬ時間をすごしたことはない。なにもすることがないというのは地獄の苦しみだ。この時間を使って種々の問題の解決策を探そうとしたが、むだだった。静寂もかれを苦しめる。話し相手がいないことで、生涯はじめての無聊を感じた。おまけに、砂糖をまぶした合成ビスケットなど、のみこむのもひと苦労だった。人工惑星の洞穴にいたときは、いつも新鮮な果物や野菜を食べていたのに。

それでも無理にビスケットを口に入れ、定期的に運動もした。ここを出るまでのあいだに衰弱したくない。

なによりこたえるのは不安感だった。種族が早く分別をとりもどさなければ、どうなるかは一目瞭然だ。恐ろしい想像が頭をよぎる。かれらはそこまでおろかではないはずという一抹の期待と、深い絶望感のあいだで、チルブチュルは揺れ動いた。

四日めの最初の食事がとどいたときのこと。うんざりするほど甘いビスケットをお茶でなんとかのみくだそうとしていると、独房のハッチがいきなり開いた。この瞬間をずっと待っていたチルブチュルだが、あまり突然だったので驚き、のこりのお茶をこぼしてしまった。立ちあがると、いぶかしげに出入口のほうをうかがう。

「早く出て！」と、だれかのささやく声がした。「急がないと、気づかれる！」

逃がしてくれるつもりだ。そうは思ったものの、不信感をぬぐえない。この旗艦に自分の味方などいないはずだが。わきからハッチに近づき、だれが外にいるのかたしかめた。驚いたことに、アルマダ炎を失った例の同胞だ。神経質にあたりを見まわしながら、チルブチュルが出てくるのを待っている。

「チレチラム！」そう口にし、ついにすべてを思いだしたのか、と、訊こうとした。

しかし、相手はいまこの場でどんな質問にも答える気はないらしい。チルブチュルの腕をつかむと独房から引っ張りだし、ハッチを慎重に押しあげてふたたび閉めた。

「こちらへ！」と、小声でいう。「逃げなければ」

チルブチュルは炎を持たないこの相手を信じることにした。チレチラムがこちらをおとしいれるとは思えない。だって、自分はこの半個体を助けようとしたではないか。

チレチラムは旗艦の勝手をよく知っていた。チルブチュルに先立って暗く人けのない通廊を進んでいく。途中、下層階で作業にあたる十六分の一個体が何名かいたものの、人目をしのぶ訪問者に気づきもしなかった。それ以外はだれにも会わずにすんだ。ようやく、多くの保安処置がほどこされたハッチにたどりつく。チルブチュルがハッチを引きおろして開けると、そこはがらんとしたホールだった。まんなかに小型の搭載艇が待機している。

「いまでもチルンと話すつもりがありますか？」〝炎なし〟が訊いた。

「ある」と、チルブチュル。「だが、その前にいまの状況がどうなっているか聞きたい」

「道々お話しします。乗ってください」

「そんなかんたんにスタートできるのか？」チルブチュルは驚いた。

「ここから先、気づかれることはありません。混乱していますから」炎なしが淡々と答える。

エアロックが開き、小型艇はスタートした。

たしかに外はかなりの混乱状態だった。五百をこえる搭載艇が旗艦をとりまき、縦横無尽に動きまわっている。衝突するのではないかと、チルブチュルは何度はらはらしたことか。

「あれは交渉使節です」と、チレチラム。「どうにかして旗艦内にもぐりこもうとしているんです。最初から順を追って説明しましょう」

かれの話によると、チラチルサルはあのあとすぐ、各部隊にふたたび通信したという。こんどは非常に尊大な態度だったため、ついにチルンが激怒した。半個体は〝小故郷〟所有者に戦いを挑むつもりか、と、問いただしたそうだ。

「必要とあれば。きみらが無分別のままなら、やむをえまい。宣戦布告だ」と、チラチルサルは応じた。

その後、チルンはいっさい接触してこなくなった。各部隊の全艦にも通信封止を命じたらしい。

しかし、これは半個体たちにとってはいささか急すぎる展開だった。遺憾にも……あるいは、見方によればさいわいにも……かれらが自由に使えるのは、旗艦のほか数百隻の宇宙船のみ。いずれもすぐれた大型艦だが、いかんせん乗員は半個体ばかりではない。数千におよぶ種族の結束がどれほど揺らいでいたかは、かなり早い段階で明らかになった。数千におよぶ四分の一個体と八分の一個体が脱走したのだ。かれらは逃げだす前、人目につかないかたすみやシャフトにこっそり卵をのこしていった。

こうした非常にみじかい生育期間をへて孵化する場合、たいていは十六分の一個体が生まれてくる。本来必要とする世話を受けられなかったため、かなりちいさく発育不全な個体ばかりだった。それでも闘争心は満々で、だれが敵かよく知っている。感情を持たないロボットのごとく、行き合う半個体すべてに襲いかかった。

旗艦の乗員たちが事態を把握する前に、好戦的な十六分の一個体はこの部隊所属の一番艦に押しよせた。下等戦士が起こした騒ぎのおかげで、先に脱走していた四分の一個体と八分の一個体はなんなくもどることができ、艦を掌握した。

それでも旗艦の動きは早かった。チラチルサルはチルンに対し、前よりも親しげな口調で話し合いをもとめ、各部隊の指揮艦となっている数隻に何名かの半個体が向かうことになった。半個体たちは表向き友好的に話を進め、妥協の用意があると見せかけて、中途半端(はんぱ)な解決策をあれこれ提案。ところが、かれらがその場を去るが早いか、十六分の一個体からなる戦士が指揮艦にあらわれ、こんどはおもに四分の一個体と八分の一個体に襲いかかった。このやり方で半個体は三隻の艦を掌握した。そのかわり、以前に半個体が所有していた二隻は相手方に奪われる。チルンの部下たちはこれに抵抗できず、戦いはひそかに交渉使節の乗る搭載艇に持ちこまれた。

戦況が派手に動くうち、〝小故郷〟所有者のあいだでもしだいに結束が乱れていった。

自分たちの奪った残骸片はちいさすぎてどうにもならない、と、数名が不平をいいだしたのだ。そうした者は、戦闘が活気づくと、まったく同じやり方でより大きな破片を強引にわがものにしようと考えた。

そのあと、これ以上ないほどひどい混乱状況が生じたという。戦いは衰えを見せなかった。だれもが隙をうかがっては、気にいらない隣人たちから子供をかくした。とはいえ、かならずしもべつの艦や〝小故郷〟にうつるのではなく、隣りのキャビンに移動するだけで充分だったりする。なぜなら、ちがう部隊に属する者だけがいきなり敵になるわけではないからだ。敵は半個体のこともあれば、下等個体のこともある。四分の一個体と八分の一個体だったり、それまで艦の指揮をとっていた者だったり、それに従属して任務にあたらされていた者だったり。ほかの者が合成ビスケットでがまんしているのに新鮮な食糧を手に入れた者も、ときには敵になる。

こうして、種族の艦隊における忠誠や信頼は驚くほど短時間のあいだに廃(すた)れてしまった。そもそも交渉使節がまだほかの艦や残骸片に行きつくことができるのも、ひとえにこの〝ホスト役〟がお客をせいぜい戦わせることでわずかな利を得ようとしているからだという。

「アルマダ作業工はどうしているんだ？」チルブチュルはとほうにくれて訊いた。事態は思っていたよりずっと悪い。

「関与してきません」チレチラムが淡々と答える。「ところで、種族のなかに、われわれ以外にも炎を持たない者がいますよ」

「興味深いな」チルブチュルは考えこみ、「われわれのほか何名いる？」

「正確な数はわかりませんが、数百名かと」

もちろん戦士たちはそこにふくまれない。

「きみの調子はどうだ？」完全個体は用心深くたずねる。

「なんだかおちつかないのですが」と、チレチラム。「それでも、アルマダ炎を失った者がほかにもいて、すぐ死ぬわけじゃないとわかったいま……調子悪くはありません。ただ、アルマダ中枢がなにかいってきたらと考えると、恐いんです。われわれ、どうなるのでしょう。新しい炎を授かるのか……あるいは、追放されるか、殺されるか」

「アルマダ中枢はアルマディストの息災を願っていると、わたしの両親がいっていた。殺されることはないだろう」

「そうかもしれません」炎なしは思案するように、「アルマダ中枢がアルマディスト全体の息災を願っているのは本当でしょう。しかし、個々のアルマディストに対してもそうでしょうか？　無限アルマダの膨大さを考えると、わたしにはとてもそうは思えない。総体でとらえるしかないはず。その総体のなかでは、炎を持たないわれわれは、はずれ者です。さらにいうと、ほかの種族でも同じ問題をかかえているようですが」

「炎を失った者がほかにもいるのか？」

「通信を傍受したかぎりでは。とはいえ、われらが種族ほど多くはありません」

最初、この炎なしにいい印象をいだいていなかったチルブチュルは、心地よい驚きをおぼえた。ひょっとしたら、チレチラムは本当の意味で完全個体なのかもしれない……すくなくとも非常に高い知性を持つようだ。

「なぜわたしを独房から逃がしてくれた？」と、訊いてみる。

「罪の意識があったのです」と、チレチラムは小声で答えた。「最初は本当になにもおぼえていなくて。ですが、あのあとしばらくして思いだし、チラチルサルのもとへ行って、アルマダ炎の消失にあなたは無関係だと説明しました。そのさい、わたし以外にも炎をなくした者がいると知らされたのです。これであなたの無実は証明されたことになる。ところが、チラチルサルはあなたの解放を拒みました。ほかの者も同調したため、わたしがこっそり助けだそうと決めたのです。かれらはしばしばあなたの提案について話してはいましたが、断じて認めませんでした。しかし、現状はひどいものです。あなたの意見に耳をかたむけていたら、ここまでにはならなかったかもしれない。完全個体の言葉には重みがある……あなたなら、まだなんとかできるかもしれません」

チルブチュルは当惑して黙りこんだ。自分は炎なしの期待に応えられるだろうか。自信がない。また失敗したらという不安もある。

「あそこにいるのがチルンの部隊です」と、チレチラム。「われわれにのこされた唯一の可能性は、あのなかにもぐりこみ、チルンのところへ行くこと。かんたんではないでしょうが」

チルブチュルは黙ったまま、通信装置に向かった。

「こちら、完全個体のチルブチュルだ」チルンが指揮をとる艦に接続し、平和的に話しかける。「チルン指揮官と話したいのだが」

しばらくのあいだ、相手方で言葉がかわされるのが聞こえた。この内容を伝えたものかどうか、乗員たちは迷っているらしい。だが、ようやく完全個体への敬意が勝利をおさめ、相手は礼儀正しくもとめてきた……スクリーンのスイッチを入れてください、と。そうすればチルンの姿がうつるというのだが、もちろんこれはチルブチュルに姿を見せろと暗に要求しているのだ。声だけでは完全個体だとわからないから。何者かがチルブチュルの名を騙っているかもしれない。この状況だとそうした策略だってありうる。

チルンはチルブチュルの姿をちらりと見て、きまり悪げに目を伏せた。

「あなたが生きていたとは思いませんでした」

チルブチュルは呪縛されたように相手を凝視した。失礼な行為だとあとで気づいたが、あまりに驚愕し、感情をおさえられなかったのだ。

チルンのアルマダ炎も消えている！

「そちらの艦へ行ってもいいか？」と、ようやくたずねる。「会話を盗聴されたくないので」

「お待ちしています。炎を持たない者もいっしょにどうぞ」チルンは真剣な顔で、「どうか、わが信頼を裏切らないでいただきたい」

「われわれのどちらも、きみの艦に戦闘行為を持ちこむ気はない」と、きっぱり応じる。チルンが接続を切ると、完全個体はチレチラムに向きなおった。

「わたしがいまいったことを聞いたな」と、すごみをきかせ、「種族の者に疑いをいだきたくはないが、やはり訊くしかあるまい。わたしと触角を突き合わせ、このすべてがチルンの指揮艦に戦闘行為を持ちこむためのトリックではないと誓いをたてる覚悟が、きみにあるか？」

チレチラムは困惑してこうべを垂れ、

「あなたは完全個体。わたしがあなたに嘘をつけるはずはありません」

「だったら、なおいい」チルブチュルは冷淡に応じる。「こっちへこい」

「しかし、わたしはまともな半個体ではありません。そのような誓いをかわすのにふさわしくない！」

「あまりばかげたことをいうと、すべてはきみの裏切りだったと考えざるをえなくなるぞ。そんな卑劣な行為に身をさらすくらいなら、いっそ死んだほうがましだ。さ、誓いをかわそう。それともわたしに引き返せというのか？」

チレチラムは全身を震わせたが、触角だけは動かさず、完全個体を避けようともしなかった。チルブチュルはその場に立ったまま、小声で訊いた。

「こうした誓いは死につながることもある。知っているか？」

「ええ」震えながらチレチラムは答えるが、触角は相いかわらず動かない。発音不可能な者の触角は非常に敏感な器官で、感情の状態をもっとも確実にしめすのだが。「完全個体よ、わたしにはなんの咎もないし、裏切りをたくらんでもいません。ですが、あなたがいったような手段は数千年前に滅びました。わたしのような雑種と誓いをかわしてどういう結果が生じるか、だれにもわかりません」

「それはきみの遺伝形質とは無関係だ」チルブチュルはしずかに応じた。「血縁関係にある四分の一個体から生まれた八分の一個体どうしが、なんの障害もなく誓いをかわした例すらある。純粋な気持ちだけがあれば問題ない。チレチラム……わたしだって本音は不安なのだ。もしきみがチルンのところへ戦いを持ちこもうと考えているのなら、いますぐそういってくれ。きみが向こうへ行かずにすむようにとりはからうから。この搭載艇で好きなところへ逃げればいい。だがわたしは、自分が意図せずそのような狂気に関わっているのではないと確認したいのだ。きみが誓いをかわせないなら、こちらから出向くのでなくチルンに連絡して迎えにきてもらう」

「そんな危険をおかしてはいけません。罠にかかることになる。かれら、あなたを艦に迎え入れる前に殺してしまいます」

「いいだろう、どのみち死ぬわけだ」チルブチュルは恐ろしい形相で、「自分がこのばかげた戦いに加担したと意識しながら生きつづけるより、よほどいい」

チレチラムは驚愕して完全個体を見つめると、

「死んではなりません！」と、言葉を絞りだした。「誓いをかわしましょう。たしかに不安ですが、それは自分に自信を持てないからです。まともな半個体ではないわたしにほかの者がどんな力をおよぼしたか、定かではありません。ひょっとしたら、わたしの知らないところで裏切りが計画されたかもしれない。それでも覚悟はできています」

「ほかの者だってほんものの半個体ではない」チルブチュルはなぐさめるようにいった。「好きでああなったのだ。なにも不安をおぼえることはない」

いまはそう確信している。こうした誓いは種族のランクに無関係で、純粋に精神的な行為だと両親がいっていた。それに、チレチラムがなにかを無理やり信じこまされたとしても……旗艦にいて偉そうな口をきいている〝半個体もどき〟たちは、炎なしの意志に反して合成ビスケット一枚くすねさせることもできなかったはずだ。それでもやはりチルブチュルはたしかなものがほしかった。チレチラムの話すべてから判断するに、発音不可能な者はここ数日間で種族の最後の神聖な伝統も忘れ去ったと考えざるをえない。

嘘や裏切りが横行し、殺害すら起こりうる。チルンをどこまで信用できるかはわからないが、自分自身がチルンを裏切ろうとしたり、知らないまま相手の艦に裏切り者を連れていったりすれば、おそらく最後のチャンスを逸することになると痛いほどわかっていた。こんなことをしなくてすめばいいのだが。チレチラムは親切にしてくれた。チルブチュルになにか恐れることがあるとすれば、それは、自分がこの炎なしを見誤っていたと思わされることだ。

チルブチュルは触角の先を炎なしの触角にくっつけた。かつて種族のメンバーはもっぱらこの方法で意思疎通していたものだが、いまではめったにしない。こうすると、二名の個体を隔てるエアロックのようなものが開くのだ。本来の意味でのテレパシー……発音不可能な者はこの概念を知らない……ではないが、ほぼテレパシーレベルの思考交換といってもよかった。

チルブチュルが慎重にからだを起こしたとき、チレチラムはまだ目の前に直立していた。もう震えていない。

「これで、いっしょにチルンの艦に行ける」完全個体は小声でいった。

しばらくのち、二名はチルンとともに話し合っていた。自分たちと種族を救う、おそらく唯一のこされた可能性について。

5

ちょうどそのとき、旗艦ではゆっくり近づいてくる一飛行物体を探知していた。非常に巨大な物体だ。のこりの〝故郷〟にも匹敵するほどである。旗艦を占拠している半個体たちは、その大きさをはかりかねた。

最初、まさか宇宙船だとは思わなかった。無限アルマダ内にも、たとえばアルマダ印章船など巨大な構造物はあるが、これはどこかちがう。異質なのだ。どう見てもアルマダの所属ではない。

もしこれがアルマダ中枢の庇護下にない異船だとすれば、征服できるかもしれない、と、かれらは考えた。半個体はいままで〝小故郷〟所有者になれなかったが、これほどの獲物が手に入るのなら、四分の一個体や八分の一個体が残骸片を捕獲しようとしまいと、好きにさせればいいではないか。

だが、まずはこの異船を近くにおびきよせなくてはならない。

発音不可能な者の艦隊ではこのとき、通信状況が混乱のきわみにあった。救助要請が飛びかっているせいだが、これでは近くにいるほかのアルマダ種族やアルマダ作業工が事態を収拾しにくることは期待できない。それでも、種族の窮地を全宇宙に喧伝する効果はあるだろう。

未知の巨大船がこの救助要請を傍受すれば、こちらの艦隊に気づいてくれると、半個体たちは確信していた。ところが、相手は混乱の原因を解明しようととくに急ぐ気配もない。そこでチラチルサルは名案を思いついた。事態をもうすこしドラマティックに盛りあげようと考えたのだ。

旗艦には高出力通信機器がそなわっている。チラチルサルは自分で勝手に緊急救難信号を発しはじめた。すると、まだ遠くはなれた異船の船内で、即座にスピーカーから声が聞こえた。

「だれでもいい、救助を！　われらが種族は危機にあり、このままだと全滅だ。救助を！」

みじかく切実な訴えが何度もくりかえされた。

＊

《バジス》ではM‐82のこの宙域で傍受した通信をなお注意深く追っていた。銀河系船団からのシグナルと思われるものは、いまのところない。セト＝アポフィスもまだ行動に出てはいないようだ。無限アルマダの混乱状態をのぞけば、銀河全体はいたって平穏である。

それとも、セト＝アポフィスは現状を知っていて、それをこちらが正しく評価していないだけか？　無限アルマダと銀河系船団がM－82じゅうにばらまかれたのも、アルマダ中枢が沈黙しているのも、もしかしたら超越知性体のしわざかもしれない。

しだいにわかってきたのだが、無限アルマダは最初にそう見えたほど完全には機能していないようだ。全体構造はおおむね変化ないが、個々の部隊はもとのポジションになく、かなりの数が混乱状態にあるらしい。《バジス》がいまいるのは、そんな方向を見失ったアルマダ部隊のどこかだった。

プラネット・ピープルは相いかわらず救助要請を発しているが、言葉が支離滅裂なため、せっぱつまった感じには聞こえない。ただ、きわめて高出力の一信号がとどいたときは、ようすがちがった。

「だれでもいい、救助を……」

アルマダ共通語だが、かなりわかりづらい。プラネット・ピープルは無限アルマダの共通言語をうまく操れないようだ。おまけにスピーカーから響いてくるのはかすれたがらがら声なので、送信者の心境を判断するのは困難だった。それでも、テキストそのものが絶望感をあらわしている。ジェルシゲール・アンも驚いたらしく、

「すぐに行ったほうがいい」と、ペリー・ローダンにいった。「なにが起きたかわからないが、力になれるかもしれない。それに……情報も得られるのではないか。ひょっとしたら、かれら、銀河系船団のメッセージを受けとっているかも」

ローダンは思わず笑みを浮かべた。シグリド人司令官がこの出来ごとをできるだけ興味を引くものに見せようとしているから。

そんな必要はないのだ。テラナーがこれほど急を要する救難信号を無視することはありえない。まして、救助要請者がすぐ近くに……宇宙的基準で見てということだが……いる場合は。

《バジス》はプラネット・ピープルの部隊をめざして加速した。

＊

これを見て、旗艦の半個体たちは歓喜で応える。かれらはそのとき、ますます意味のなくなった利権をめぐって戦闘が激化する周縁部の状況を追っていた。しかし、そのほかのなりゆきにほとんど注意をはらわなかったため、ちいさめの〝小故郷〟の周囲ではもはや戦いが進んでいないことを、完全に見逃していた。

もともと安定性に欠けるこれらの残骸片を、戦士たちは競って集めすぎたのだ。あちこちから牽引ビームがくりだされる。ビーム射出中の艦が戦士に攻撃される。それがこんどは争い合う四分の一個体と八分の一個体に襲われる。あるいは破壊工作が起こる。ビームは逆方向に働いたり、いきなり停止したりする。こうした機動は艦への負担が大きい。コントロールを失い、やがて衝突する。残骸片もその巻き添えを食う。

のこる人工惑星はまるで、飢えたニワトリ二羽のあいだにうっかり入ったミミズのようだった。この場合、争っているのは二羽でなく、ゆうに一ダースはいるわけだが。

こうした不適切な行動による負荷に、大きめの残骸片はすこしもちこたえたが、ちいさめのは壊滅し、破片が飛び散った。それは十六分の一個体にとってさえ、わずかなりとも〝故郷〟の面影をいだかせるものではない。

《バジス》……かれらはもちろん、この時点では船名を知らない……がコンタクト可能な位置まできて、半個体が熱狂していたとき、数千名の〝小故郷〟所有者は本当にふるさとを失ってしまった。それはこのあわれな種族にとり、じつに憂慮すべきことだった。

しかし、まともな個体なら絶望するのでなく、運命を受け入れ、状況を好転させる次のチャンスをめざすもの。

これら、ふるさとをなくした者たち全員が、近づく《バジス》に注目したのは無理もなかった。この異船がなぜ自分たちのところへきたのか、乗員にどういう動機があるのか、長考する者はいない。ただ、非常に大きいものだと思っただけだ。人工惑星のいちばん大きな残骸片よりも大きい。そのうえ、この巨大な未知物体は明らかに完全自立して動き、亀裂や穴も見られない。

《バジス》が減速すると、チラチルサルひきいる半個体たちは搭載艇に乗りこみ、外交的訪問に出るため、異船に向かって飛んだ。とはいえ、その目的は外交的なものとはほど遠いが。

ところが、発音不可能な者のなかで《バジス》に目をつけたのは、かれらだけではなかったのだ。

6

テラナーたちは目の前の光景に当惑するばかりだった。

プラネット・ピープルの艦隊は一万隻ほどの艦と無数の搭載艇からなる。艦は非常に特徴的で、ほかのアルマダ部隊とは容易に区別がついた。

もとはレンズ形だったと思われるのだが、手狭になったためか、あるいは好みの問題か……ともかく、かれらは自分たちの艦を判別不能なまでに改造していた。なめらかな外被にはドームや塔など種々の構造物が増築され、その上にもさらにべつの構造物がくっついている。明らかに、美的観点や系統的な考えにもとづいたわけではなさそうだ。まったく外観を気にしない種族の艦だとひと目でわかる。宇宙船の構造に関する基準というものがプラネット・ピープルにあるとすれば、より多くの空間がほしいという点だろう。増やす必要がある場所すべてに、ドームや塔やホールなどを増築したようだ。

こんなぐあいに脈絡なく改造された艦をポスビが見たら、さぞよろこぶにちがいない。まさにカオス的な構造物のゆえに、どこからどこまでがプラネット・ピープルの艦隊であるかは一目瞭然だ。だが、個々の艦のポジションから判断すると、十数の部隊に分かれていることがわかる。

プラネット・ピープルの艦は大なり小なり集まって部隊をつくっていた。まるで戦闘状態にあるかのように、それぞれが注意深く距離をたもち、各部隊の中央にはひとつずつ、艦そのものよりいびつなかたちの構造物がある。《バジス》はこうした部隊のひとつにかなり接近し、詳細部分まで観察することができた。この構造物は残骸片のようなものにちがいないと、驚きをもって確信する。

「どういうことだ?」ペリー・ローダンはシグリド人司令官に質問した。

ジェルシゲール・アンは背中の瘤をそっと掻き、答えた。

「たぶん、かれらの〝惑星〟が壊れたのだろう」

ローダンは隣りの探知士に問いかけの視線を向けるが、相手はとほうにくれるばかり。

「つまり、プラネット・ピープルは惑星の断片を携行している?」と、ローダン。

「ほんものの惑星ではない。自分たちでつくったのだ」アンが説明する。「とにかく、わたしはそう聞いている。難破船、アステロイド、その他あらゆるものを集めて組み合わせ、グーン・ブロックで動かしていたようだ」

「ということは、無限アルマダでの暮らしに完全に満足してはいなかったのだな。かれらは惑星に限定された生活にあこがれていた。それが得られないから、代用品をこしらえたわけだ」

「よく知らない」シグリド人は見るからに投げやりな調子で、「だが、アルマダ種族なのだからアルマディストだ」

「われわれはそうじゃないが！」と、ローダン。

アンはそれにはコメントせず、

「かれらは自分たちの惑星をとてもだいじにしていた」と、しずかにいった。「〝故郷〟と名づけて」

ローダンの心は妙にざわついた。

故郷……プラネット・ピープルの人工世界を表現するのに、これほど簡潔かつ有意義な名前はほかにあるまい。同時に、トランスレーターが種族名に選んだ、惑星の民をあらわす古い英語がまた深い意味を持ってくる。インターコスモで〝故郷〟と表現されるみじかい単語を象徴的意味もふくめて翻訳するには、ずいぶん多くの言葉が必要になるだろう。

ローダンはプラネット・ピープルに深い同情の念をいだき、なんとか助けたいと思った。故郷惑星に対する郷愁の念をいだくあまり、巨大艦隊のどまんなかに代用品をつくるという見込み薄な行動に出たのだとすれば、かれらは無限アルマダにいるべきではない。だが、アルマディストであるがゆえにとどまり、また同じことをしようとするのだろう。それでも、かけらをふたたびつなぎ合わせて人工惑星をつくれるかどうかは疑わしい。

無限アルマダからプラネット・ピープルを救出しようとする動きはなかった。アルマダ作業工も明らかに関与していない。

「プラネット・ピープルにコンタクトする」ローダンはそう決意した。「データが必要だ。人工惑星のサイズ、分解して散った断片の総数、それらを組み合わせた技術手段など」

「専門家数人にやらせましょう」ウェイロン・ジャヴィアだ。「プラネット・ピープルにコンタクトするという話ですが……搭載艇が一隻、向かってきてますよ。大きめの部隊もいくつか、こちらにコースをとっています」

異人のおかれた状況を考えたら、助けてくれそうな相手にできるだけ早く接触しようと自分たちのほうから向かってくるのは、おおいにありうる。通信手段でなく個人的コンタクトをもとめたのも、なんら疑わしくはなかった。おそらく相手の指揮官は、まず《バジス》乗員に協力の意志があるかどうか確認してから、部下によろこばしい知らせを伝えようと考えたのだろう。

艇は《バジス》に充分に近づくと、通信してきた。かなり貧弱な装置しか持たないとみえ、そちらの船を訪問させてほしいという要請は、絶え間ない雑音にまぎれてよく聞こえない。あるいはわざと最小出力で呼びかけてきたのか。
このあいだに大きめの部隊も接近してきていた……巨大船に敬意を表するかのように、ゆっくりと。たぶん、艦隊を分割したうちの出動部隊だ。

搭載艇の異人たちは非常に礼儀をわきまえていた。船内に入れてもらいたい、と、卑屈でも高慢でもなく要請してくる。それにもかかわらず、乱暴で怒っているように聞こえるのは、荒々しいがらがら声のせいだろう。明らかにプラネット・ピープルは、顎まで……そもそも顎があればだが、だれもこの異人の姿を見たことがないのでわからない……水に浸かっているというのに、嘆き悲しむ感じはなかった。せっぱつまった状況であっても、とりみだしたりしないらしい。かれらはジェルシゲール・アンの推測をみずから認め、〝故郷〟が崩壊して危機にあるので助けてほしいと告げた。ただ、事情はすべて面と向かって話したいという。

こうしたたのみを拒絶する理由はない。というわけで、かれらは《バジス》の船内にやってきた。

プラネット・ピープルは昆虫生物だった。非常に大型で、もっともちいさい個体でも長身のテラナーをはるかにこえる。最初にやってきた派遣団の身長は平均で二・五メートル。とはいえ、痩(や)せているので華奢(きゃしゃ)に見える。とどのつまり、育ちすぎたイモムシが直立しているような見た目だ。長く伸びた長方形の胴体はいくつもの節に分かれ、メタリックに光る輪っかがつながったようになっている。いちばん下の節からはみじかく強そうな脚が前後に二本ずつ生え、先端のまるい足は吸盤になっているようだ。上のほうの節（ふし）は筋肉が発達しており、二対の腕が突きだしている。一対の先端はやはりまるく、吸盤の役目をはたしているが、もう一対には鉤爪状の細長い六本指がついていて、作業を器用にこなせそうだ。

さらに上のほうは節が細くなり、その〝頸〟の上に大きめの球状頭部がのっている。顔のほとんどを占めるのは大きい真っ黒な目だ。地球の昆虫のような複眼ではないが、よく知られた目ともちがい、黒目だけがある。不気味に光る半球体が同じく光る赤錆（さび）色の枠に埋めこまれているということ。目のすこし下には口があり、両端から長さのちがう鉗子（かんし）状の歯が二対のぞいている。頭部にも胴体にも薄い体毛が環状に生え、とりわけ目のすぐ上では〝髪の毛〟が密集して、まさに眉のようだ。左右の眉から一本ずつ、長い毛が触角のように伸びだしている。

プラネット・ピープルは人間の目には全員、同じに見えた。ちがいといえばその大きさと、目の上から伸びだした触角のかたちだけだ。目の上端にくっつきそうなほど折れ曲がったのもいれば、わずかしか曲がっていない者、前に突きだしている者、上に伸びている者など、いろいろである。

なかでもいちばん折れ曲がった触角の持ち主がこの一行のリーダーらしく、

「われわれを助けてくれるのですか？」と、訊いてきた。

「そのつもりだ」答えたのは、異人とのファースト・コンタクトをまかされたロワ・ダントンである。

プラネット・ピープルはテラナーを見おろした。こんなちっぽけな生物が自分たちの〝故郷〟をどうやって救えるのか、と、考えているように見える。だがおそらく、かれらの内にあるのはちがう感情だろう……ダントンはプラネット・ピープルを観察しながらそう思った。かれらはアルマディストで、多くの異種族を知っている。そうした偏見はとっくに捨てているはず。

「ゆっくり話し合える場所へ移動しよう」と、提案した。

十名からなるプラネット・ピープルの派遣団は快諾し、テラナーたちのあとをついていった。そのようすを見るに、《バジス》はかれらに強い印象をあたえたようだ。

「なんと巨大な宇宙船でしょう！」チラチルサルという名の、折れ曲がった触角を持つリーダーが口にした。

「たしかに、かなりのものだ」ダントンは友好的に応じる。

「何人くらいが乗船しているのです？」

「一万二千人ほど」

「ずいぶん不釣り合いですな」

ダントンはチラチルサルの批判的コメントに対して返事をしなかった。相手が《バジス》とその乗員数へあからさまな興味を見せたことに、なぜかいらだちをおぼえる。

「あなたがたはアルマディストではない」チラチルサルはきっぱりいうと、「どこからきたのですか？」

「テラという名の惑星だ。乗員にはべつの惑星出身の者もいるが」

「そのテラはここからどれくらい遠いので？」

用心しろ、と、なにかがロワ・ダントンに警告した。

「かなり遠い」曖昧にそう答える。

「テラにはこのような巨大船がほかにもあるのですか？」

「《バジス》はそちらの問題を解決できると思う」これがダントンの返事だった。「きみたちがつくった人工惑星はどのようなものか？　われわれが知りたいのは、いまのこっている破片の数とその状態、それに……」

この瞬間、警報が鳴りひびいた。同時に、話し合っていた一行の前にグッキーが実体化し、

「やつら、攻撃してきたぜ！」と、告げる。

「プラネット・ピープルの出動部隊か？」ダントンはにわかには信じられない。

「ほかにだれがいんのさ？　いま《バジス》の近くには、あんたの前にいる派遣団の艦

しか見えないだろ！」

「どういうことだ？」ダントンはチラチルサルに迫った。

「四分の一個体と八分の一個体です。狂っているのです」異人はがらがら声で、「話して聞かせようとするだけむだでしょう。〝故郷〟が崩壊して、正気を失ったので。自分がなにをしているか、わかっておりません」

「たいしたもんだね」グッキーはつぶやくと、巨体の異人をじっと見た。むろん、思考を探ろうとしているのだ。搭載艇がエアロックに入る前、すでに一度やってみたのだが、そのときは成功しなかった。

ダントンの問うような視線を受けたネズミ＝ビーバーは、

「だめ」と、ひと言。すぐにテレポーテーションする。

「さっぱりわからんが」ダントンはあらためてチラチルサルに向きなおり、「きみたちは種族のなかで指導的立場にあるんじゃないのか？」

「そのとおり」チラチルサルが自信たっぷりに答える。

「なのに暴徒を阻止できないと？」信じられないといいたげに、「せめて、ためしてみてはどうだ？　われわれに協力の用意があることを知れば、かれらも理性をとりもどすかもしれない」

「無理ですな」チラチルサルはあっさりと、「さっきいったとおり、かれらは正気を失っています。〝故郷〟がもとどおりになるといわれても信じようとしません」

このあいだにペリー・ローダンが司令室に連絡をとっていた。息子を安心させるようにうなずいてみせる。ダントンは安堵の息をつき、

「ラッキーだったな」と、チラチルサルに向かっていう。「暴徒はなにもできなかったらしい。とはいえ、きみたちの狂った同胞が攻撃態勢にあるかぎり、人工惑星を救うための協力はできないぞ」

プラネット・ピープルはたがいに目をちらりと見かわした。この生物の考えていることをわずかでも察知するのは不可能だが、それでもダントンはどことなく、かれらが怒っているわけでも絶望しているわけでもないと感じた。だが、この場に居合わせたほかのテラナーはちがう意見らしく、みな目立たぬように異人たちから遠ざかっていく。

「成果が得られないとわかれば、かれらもじきに撤退するでしょう」ようやくチラチルサルが口を開く。「ただ……」

「ただ……なんだ？」チラチルサルが意味深長に間をおいたので、ダントンはもどかしげに訊いた。

「このままここを去れば、われわれもかれらの攻撃対象になってしまいます」チラチルサルは考えこみながら、「そちらさえよければ、狂った同胞がおちつくまで、もうすこしいさせてほしいのですが」

「かまわんとも」ダントンはやや拍子抜けして応じた。「すでにいったとおり、きみたちに協力するにあたっては話し合って準備する必要がある。それがととのうころには、暴徒の興奮も冷めるだろう。なんといったかな……四分の一個体と八分の一個体？　奇妙な呼び名だが、どういう意味だ？」

またもやプラネット・ピープルは、すばやく視線だけで意思疎通したように見えた。しばらくしてやっとチラチルサルが、

「出自に関係するのです」と、告げる。「たんなる呼び名でして、あなたがたにとっては意味がありません」

本当かはどうかわからないが、異人がだれもこの話題に乗り気でないらしいので、ダントンは言及するのをやめた。いくらこちらが強い立場にあるとはいえ、コンタクトしたばかりで異種族のタブーに触れるのは賢明ではないだろう。第一に、プラネット・ピープルの強大な艦隊を相手に《バジス》がまともに戦ったら勝ち目はない。第二に、こちらは無限アルマダのどまんなかにいる。アルマダ作業工や近傍の艦隊はプラネット・ピープルの現状に対し中立をたもっているが、《バジス》が防御バリアにたよらずこの異人に抵抗したりすれば、事態はいつでも変わりうる。いまはそういう状況なのだ。

だがこのとき、自分たちはなにに巻きこまれてしまったのかと自問していたのは、ロワ・ダントンひとりではなかった。

もしかしたら、プラネット・ピープルの艦隊を迂回して、かれらの心配ごとはかれらにまかせたほうがよかったのかもしれない。

「まだわれわれに協力するつもりがあるとうかがって、たいへんうれしい」チラチルサルがいった。「同胞の無礼には恥じ入るばかりです。どうかお許しください。かれらはいま、まともな考えができないのでして」

ロワ・ダントンは当惑しつつ、目をそらした。この種族は最大の危機にあるのだ……四分の一個体と八分の一個体が絶望に駆られて無分別な攻撃に出たことで、いやというほどわかったではないか。かれらにとり、〝故郷〟の崩壊は全世界の終わりを意味する。わずかな者が正気を失ったからといって、悪く解釈することができようか？　一部の者の行為が種族全体を滅亡させる理由になるのか？

「こちらへ」と、つとめておだやかにいう。「話し合うことはたくさんある。時間をむだにできない」

＊

プラネット・ピープルが必要なデータを出し惜しみしたとは、だれにもいえまい。まったく逆で、かれらは感動的ともいえるほど熱心にとりくんでいた。

ただ不愉快なのは、どんな質問に対してもまともな答えが返ってこないことだ。かれらは人工惑星の断片が現在どういう状態か、ほとんど知らなかった。なんとか情報を手に入れようとしてはいたが、それもうまくいかない。

つまるところ、断片を捕獲・監視しているさまざまな部隊のリーダーは、指導的立場の者が質問してもめったに答えず、答えたとしても曖昧で、結局ほとんど役にたたなかったのだ。まるで、まだはじまってもいない救出作戦を妨害しようとするかのように。

チラチルサルとその同行者はこうしたすべてを、種族が完全に混乱しているせいだと弁解した。かれらの意向に応えてテラナーもそれを受け入れたものの、しだいにいらだちが高じていく。

事態がまったく進展しない状況では、どのみち救出活動ははじめられない。四分の一個体と八分の一個体の部隊は相いかわらず《バジス》に襲いかかるチャンスをうかがっている。〝外交使節〟の面々は協力的だが、無限アルマダ内の状況についてはたいした情報を持っていなかった。明らかにかれらもほかの同胞も、アルマダについてくわしい情報を得ようとしていないらしく、どの種族が自分たちの隣りの艦隊セクターにいるのかも知らない。アルマディストの内部事情についても、決まり文句をいくつかならべるだけで新しい情報はなし。トリイクル9を通過したのち無限アルマダがどうなったかにおよんでは、まったく答えられなかった。テラ船などこれまで見たことも聞いたこともなかったという。

それでも〝外交使節〟は、無知とはいえ、すくなくとも協力的だった。しかし、ほかのプラネット・ピープルはそのかぎりではないらしい。

「これ以上はむだだ」ついにペリー・ローダンがいった。「時間がかかるだけで成果はない。チラチルサル、申しわけないが、きみの種族が協力しなければわれわれは力になれない」

「残念です」と、チラチルサル。「でも、おっしゃるとおりなのでしかたありません。われわれ、どうすればいいでしょう?」

「同胞が通信に応答しないなら、きみたちが直接おもむき、面と向かってかれらの良心に訴えるしかあるまい。たぶん、それでうまくいくだろう。こちらに協力の用意があることを伝えてくれ……ただし、成果をあげたければ、種族全員の参加が絶対条件だと」

「わかりました」チラチルサルは考えこみ、「伝えます。ですが、かれらに分別をとりもどさせるのは容易ではありません。どれくらい待ってもらえますか?」

「一日だ!」

「たったそれだけ?」

チラチルサルの驚いた声を聞き、ローダンはなだめるようにつけくわえた。

「期限をもうけるのは、きみたちの同胞に決断を迫るため。むろん、それが過ぎてもすぐ飛び去るようなことはしない。もうすこし待つ。さ、行くのだ」

プラネット・ピープルの派遣団は、だれも予測していなかった行動に出た。大あわてで出ていったのだ。あまりに急いだため、テラナーたちにいとまごいさえしない。乗ってきた小型艇を緊急スタートさせ、エアロック・ハッチがまだ半分しか開いていないのに飛びだしていった。

「やっと帰った」ウェイロン・ジャヴィアがほっとしてつぶやく。「えらく急いでいましたな」

「それだけじゃない気がする」ローダンは考えこんだ。「なぜか、ここから逃げられてよろこんでいるように見えた。奇妙な種族だ。もう二度と関わることもあるまいが」

「待つと約束したじゃありませんか」ロワ・ダントンが思いださせる。

「そうだ。約束は守る」

「訊かれる前にいうけどさ」グッキーだ。「それ、考えなおしなよ！　あいつら、なんかおかしいぜ。ぼくもフェルマーもテレパシーで探ることはできなかったけど、どうもうさん臭い感じがする。ずいぶん長いこと船内にいたしね！」

7

チルブチュルはすくなくともこの時点で自分がまちがっていなかったと知り、ほっとした。最初にチルンを見たとき、理性をたもっており信頼できると判断したのだが、まさにそのとおりだったから。

チルブチュル、チレチラム、チルンの三名はいまや徒党を組んでいた。ほかの同胞とちがい、種族のポジティヴな未来を決定づける目標を得たのである。実現に向けてさらなる味方を獲得することもできた。

特徴的なのは、味方の大半が〝炎なし〟であること。これには理由がある。

炎を失ってももとの地位にとどまれるほど個性の強い者はまれだ。たとえばチルンはいまだにリーダーの立場だが、その他ほとんどの炎なしはアルマディストの身分のみならず、それまで属していた社会との接点まで失い、いわば宙ぶらりんの状態である。だれの注意も引かなくなればいいのに、と、思っている節さえある。

さらにかれらは、アルマダ炎を失ったことが重大な結果につながるのではないかと悩んでいた。早晩、アルマダ中枢から連絡がきて、命令がくだされるだろう。それにより炎なしがどういうあつかいをうけるのか、だれにもわからない。このような事態が過去に無限アルマダで起きたことはないから……すくなくとも、発音不可能な者はそういう話を聞いたことがない。

炎なしにとり、無限アルマダから追放されたうえに種族の艦隊や同胞とも引きはなされると考えるのは耐えがたかった。だから、艦隊の結束のためならなんでもしようと思ったのだ……たとえ無限アルマダを去ることになっても。

しかし、そもそもそんなことが可能なのだろうか。言い伝えによれば〝強制インパルス〟と呼ばれるものがあるらしい。アルマディストが無限アルマダから遠ざかりすぎた場合、引き返すよう強制されるというのだ。

だが、発音不可能な者はこれまで強制インパルスを感じるほど遠くへ行ったことがなかった。ときおりコンタクトする他種族からも、信頼できる情報がよせられたためしはない。だいいち、無限アルマダから脱走しようとする者がいるとは思えない。だれもそうしないのなら、強制インパルスなるものが存在する意味があろうか？

すべてただのおとぎ話だと、チルブチュルは確信している。それを論拠にしてさらに数名の炎なしを説得した。どうしても不気味なインパルスへの恐怖をぬぐうことができない者に対しては、またべつの論拠を持ちだした。いわく、強制インパルスがアルマディストに効力を発するのは、無限アルマダの最縁部から一万光年以上はなれた場合だ。しかし肝心のアルマダはいま……巨大艦隊の規模がわからないため、とりあえずその一部だが……一銀河内にいる。自分たちのどの艦からも、一万光年より近くにある無数の恒星をなんなく肉眼で見ることができる。そのいくつかは居住できる惑星を持つはず。

「われわれがそうした、一万光年未満の距離にある惑星に着陸したとしよう」と、チルブチュルは頑固な懐疑主義者にいった。「そのあと無限アルマダが動きだしたなら、それはわれわれがはなれたのでなく、アルマダがわれわれから遠ざかったということ。強制インパルスというのが存在するとしても、適用対象は自発的にアルマダを脱走しようとする者のはずだ。そうしたコース変更ができるのは生命体だけで、惑星はコースを変更できない」

「それだと、宇宙船は放棄することになります」そう応じたのはシチャチム。かれが指揮官をつとめる部隊の説得に、チルブチュルはとりわけ手こずっていた。シチャチムはほぼ純血の半個体だが、そもそもチルブチュルとの対話に応じたのも、ほとんどつねに艦隊最外縁に部隊を展開していて、生涯で一度しか〝故郷〟に足を踏み入れたことがないためだ。おまけに、シチャチムはまだアルマダ炎を持っている。それなりに社会への帰属意識を感じているし、よけいな遠征をする気もないらしい。しかし、チルブチュルにはどうしてもかれの部隊が必要だった。シチャチムがひきいるのは高速機動が可能で重武装の監視部隊だ。これまでは外縁警備にあたっていたが、無限アルマダから脱走するとなればアルマダ作業工を撃退するのに役だつはず。

自分たちのリスクはひとえにアルマダ作業工だとチルブチュルは確信していた。無限アルマダをコントロールし、アルマダ中枢の指示どおりにことが進むよう気を配っているのは、明らかにロボットたちだ。

さいわいにもシチャチムは、種族がふたたび平安を見いだすには惑星が必要だと信じる一派に属している。そこでチルブチュルは、シチャチム自身の信念を利用した反論のチャンスを見いだし、

「惑星が手に入ったら宇宙船など必要ないだろう?」と、おだやかに問いかける。シチャチムはうろたえて視線を落とすと、

「たしかに」やっと聞こえるような声でつぶやいた。「とはいえ……強制インパルスに関するあなたの推論はまちがっていると思います。実際にためしてみて破滅した者がいないと、どうしていえますか? 強制インパルスは脱走した者に帰還をうながすようなヒュプノ的なものでなく、命令に背いた者を抹殺するビームなのでは? 惑星に定住して宇宙船を放棄したのち、種族まるごと強制インパルスで全滅させられたら、どうするのです?」

「まず第一に、われわれは種族まるごとではない」チルブチュルは決然といった。「発

音不可能な者はこんな宇宙船でなく、はてしなく遠いどこかの惑星に住んでいる。われわれは種族がなしたものの、ほんの一部にすぎないんだ。その祖先は、子孫がいまどんな状況にあるか知ったら嘆くだろう。第二に、このばかげた戦いをやめないかぎり、宇宙船にいたってどのみち死ぬことになる。すでに死者も出ている。いま介入しなければ、次の睡眠段階が終わるまでに艦隊はミイラだらけになるぞ。シチャチム……いまこそ行動の時だ。ぐずぐずしてたら手遅れになる」

こうした会話をさらにつづけたのち、ようやくシチャチムはチルブチュルへの協力を承諾した。こうなると、多くの者がなだれを打つように炎なしの側へつく。半個体が《バジス》でテラナーと〝表向き〟の交渉をしているあいだに、発音不可能な者の艦隊では近ごろ慣例となった迅速さで反乱軍が結成された。かれらはどんな危険も覚悟のうえだ。おのれの命より種族の運命のほうがだいじなのだから。

ただ、種族の実際の状況についてはほとんどの者が知らなかった。真の危機に気づいていたのはチルブチュルだけである。かれはそれをチルンとチレチラムには話した。テラの考え方でいくと、三名はいわば義兄弟にあたる。真相を知らせずにおくことはできなかった。

発音不可能な者というのは生まれながらに種族として劣っている。本来の意味において繁殖のチャンスがあるのは生涯たった一度だ。自分の特質を受け継ぐ子供は一体しか生むことができない。かれらがただひとつ持っている卵細胞は、ふつう一回だけ分裂する。もし自分が望む数の子供を得たければ、数回これを分裂させ……そのさい、細胞核もその数に合わせて分割する必要がある。

ひとつの卵細胞は完全な遺伝形質を持つ。こうした卵細胞のふたつが交わると、二重の遺伝形質を持つ一細胞となり、必然的に最初の分裂がはじまる。その時点までには両細胞の染色体が混じり合っているため、あらたな能力や資質が生じる可能性もある。

もし、この卵細胞をもう一度分裂させた場合は、染色体も分割されるわけだ。そのさい必要な物質を付加し、また完全な状態にしなければならない。だが、かれらのつねとして、このプロセスが円滑に進んだためしはなかった。だから過去にはほとんどの者が、二体までと決められた以上の子供を持つことをあきらめたのである。半個体でさえ、質的にはやや劣るのだから。

発音不可能な者の祖先は、後裔(こうえい)がその能力を悪用して戦士集団を育成するなどとは想像もしなかっただろう。かれらは子供たちをいつくしみ、半個体や四分の一個体を生みださなければならない状況を憂えた。だからこそ、かつてこうした半個体や四分の一個体には特権すらあたえられたのだ……完全な遺伝形質を奪った代償として。

だが、この艦隊ではそうした考えがすべて徹底的に変わってしまった。それじたい由々しきことだし、種族のネガティヴな変化だといえる。本来するべき子供たちへの気づかいを失ったばかりか、同胞を殺すための武器として悪用しけじめたのだから。こうした状況を祖先が知ったら、吐き気をもよおして目を背けたことだろう。だが、ことはこれで終わらないとチルブチュルは確信していた。種族はじきに、鈍重で知性の低い十六分の一個体に戦いをまかせるのは非効率的だと気づくはずだ。そうなれば、みずから戦場に出ていくことになるだろう……実際、あちこちでそうなっている。

まさにモラルの崩壊だ。それだけでも、この種族はいますぐ殲滅されてしかるべきだろう。さらに危機的なのは、多数の者が十六分の一個体を大量生産するかたわら、同じやり方で、のちにより賢くより繁殖能力を持つようになる子供を手に入れようとしていることだ。そうすれば、やがて種族が段階的に発展していけると思ったのか。

換言すると、一世代において繁殖能力のない子供をあまりに多くつくりすぎたせいで、発音不可能な者はまさに絶滅の危機に瀕していた。その〝ゴール〟はもう目前かもしれない。というのも、理論的には繁殖能力を持つ者でさえ、生物学的に許容範囲にある血統のパートナーを見つけられるかどうか、まったくさだかではないから。

したがって、強制インパルスが存在して致命的な結果がもたらされようが、アルマディストを脅すためのおとぎ話にすぎなかろうが、たいして関係ないのだ。発音不可能な者の運命は、どっちみち崖っぷちのところにある。

ただ、さいわい、同胞に対して極度の不信感をいだくことは、かれらにはどうしてもできなかった。〝小故郷〟の崩壊でもっとも険悪な状態だったときでさえ、各部隊間の私的通信はそれまでと変わらずおこなわれていた。そのため、どんどん増えていく炎なしとコンタクトするのも、さしてむずかしくはなかったのである。

こうして、ついに時が熟した。チルブチュルは合図を出す。

＊

ローダンの決めた期限が過ぎても、惑星の民の外交使節からはなんの音沙汰もなかった。それでも《バジス》はそのままのポジションにとどまる。相手が熟考しているのだろうという希望的観測をいだいたのだ。結局プラネット・ピープルは本当に助けを必要としており……こちらが〝故郷〟の修復に協力したなら、無限アルマダに関する情報をいくつか提供してくれるだろう、と。謎のクラスト・マグノについても、なにか知っているかもしれない。

ところが、かれらはテラナーの協力を受けるどころか、予想だにしないやり方で問題を解決すると決めたらしかった。

それは《バジス》のすぐ近く、六隻の艦がいるポジションで起きた。六隻は外被が破損して穴だらけの未知宇宙船らしきスクラップを捕獲・監視していたのだが、そのうち、スクラップを牽引ビームで引っ張っていた二隻がいきなりコースをそれた。明らかにほかの四隻には想定外の行動らしく、非難の声やもどれという指示がすぐに聞こえてくる。やがて、二隻のうち一隻がもどってきた……と思うと、スクラップに砲火を浴びせはじめたのだ。

プラネット・ピープルは、いざとなればみごとな狙撃の腕を見せた。一発でおんぼろ宇宙船の急所に命中させる。スクラップは熟しすぎたメロンのごとく粉々になった。

ほかの部隊は茫然としたらしく、なにもなくなったポイントに相いかわらず牽引ビームをくりだしていた。やがて予測もしなかった敵の存在にようやく気づいたものの、あわてて行動にうつったため牽引ビームを切るのを忘れてしまい、大混乱が巻き起こる。おかげで破壊工作者には充分な防御の余裕が生まれた。

最初のスクラップ破壊が合図になったかのように、ほかのポジションでも、それまでだいじに守ってきた対象を壊す動きがはじまった。

《バジス》ではこのようすをあっけにとられて見ていた。プラネット・ピープルの行動はだれにも理解できない。

「あいつら、ついにおかしくなっちゃったよ！」グッキーの意見だ。

「むしろ逆だと思う」と、ローダンは考えをめぐらせる。「われわれの力があれば、残骸片を集めてふたたびくっつけるくらいできたはず……しかし、たとえこちらが懸命に手伝ったとしても、成果はかんばしくなかっただろう。思うに、かれらには人工惑星をつくりなおす気など毛頭ないからだ」

「だったら、あのおかしな外交使節はなにをしにきたんです？」ウェイロン・ジャヴィアが頭をかかえた。

「おそらく外交使節なんかではなかったのだ」ロワ・ダントンが推測し、「わたしの考えが正しければ、こちらにどんな協力をしてもらえるかということより《バジス》そのものに興味があったのだと思う。あそこにある残骸片をぜんぶ集めたところで、《バジス》より大きなものにはならない」

「それだ！」グッキーが興奮して大声を出す。「なんかおかしいっていっただろ。やつら、ここのようすを探りにきたんだよ。ぼくらを追いだして《バジス》をものにするチャンスがあるかどうか、知りたかったんだ。とんでもない連中だね！」

「本当にそれが狙いだとはまだ証明されていない」ローダンはネズミ＝ビーバーをたしなめた。「わたしはむしろ、ここにきた連中はほかの同胞が残骸片に固執している隙を見て、実際に助けをもとめたのだと思う。プラネット・ピープルのあいだになんらかの争いがあるのはたしかだ。ひょっとすると、それが理由でかれらの指揮官は〝故郷〟の最後の残骸を破壊する決断をしたのかもしれんな……いいかげんに、この事態をおさめようとして」

「その決断を、肝心のプラネット・ピープルがまったく知らないとしたら？」ジェン・

サリクはそういい、ジェルシゲール・アンのほうを向いて質問した。「アルマダ中枢が残骸片の破壊をかれらに命じた可能性はあるだろうか？」

「無限アルマダじゅうがアルマダ中枢からの連絡を待ちわびている」アンはおちついた声で、「もしそのような命令が出たとすれば、われわれも聞いたはず。それはさておいても、アルマダ中枢が一種族の内部利害に介入するとは考えにくい……すくなくとも、そういった直接的手段では。やるならアルマダ作業工を使うだろう」

このあいだにも、人工惑星の……あるいはその残骸の……破壊はますます進んでいた。

「なんにせよ、ひとつはっきりしていることが」ジャヴィアがつぶやいた。「われわれ、もう約束に縛られる必要はないわけですね？」

船長のいいたいことはわかったが、ローダンはかぶりを振った。

「まだ待つ。どうなるのか知りたいから」

三十秒後、驚くべき知らせが入った。《バジス》船内で未知生物が発見されたのだ。

8

デクス・ルドベックはあらゆる意味で目立たない男である。身長も見た目も、知性も平均的。《バジス》での任務も地味なものだったが、だからといって劣等感をいだいたりはしない。これも重要な任務なのだ。かれのような作業員が大勢いて、人目を引くことのない機器類をきちんと整備しているおかげで、巨大船の機能は支障なくたもたれるのだから。

ルドベックの持ち場は《バジス》内にある大小の食堂だ。管理や清掃はロボットの担当だが、ときにはマシンだけで対応できないトラブルも発生する。ロボットじたいがうまく作動しなくなることだって、まれにある。

もちろん、どこかでトラブルが発生するまでキャビンで待機することもできただろう。しかし、じっとしているのは退屈だし、ルドベックはもともと活動的で義務感の強い男だ。のらくらしているのは性に合わない。そこで、故障に対処するだけでなく、問題が起きそうな個所はないか、独自のやり方で順番に持ち場を見てまわることにしていた。

そのなかには、乗員がよく行き来する場所からかなりはなれ、ほとんど人の出入りのない食堂もふくまれる。

その日、見まわる予定にしていたのは、そうした食堂のふたつだった。なにか問題があっても数時間で解決できるだろうと考え、ルドベックはそこへ向かった。知らぬが花である。

ひとつめの食堂へ行くと、驚いたことに、ドアが開けっぱなしになっていた。おかしい。もちろん、この近くでの仕事が長引いてしまった一作業員が、にぎわっている食堂を探すよりここで空腹を満たそうとしたことは考えられる。だとしても、なぜドアを閉めないのか？

入口に近づいてみると、奇妙な物音が聞こえた。思わず立ちすくみ、耳をすました。ずるずるという非常に大きな音だ。これほどテーブルマナーが悪いのはだれだろう。ルドベックがいぶかるうち、そこに、がりがり、ばりばり、という不気味な音がくわわった。

鳥肌が立ち、うなじの毛が逆立つ。こうした音がいくつも重なって聞こえてきたからだ。なかで食事中なのは、ひとりじゃない。数ダースはいる。だが、数ダースの……何者だ？　人間か？

ちがう。ぜったいに人間ではない。

デクス・ルドベックは胃が引っくり返りそうになった。ものをこんなふうに食べる音を聞いたことなど、これまで一度もなかったので。

もう七十年近くこの仕事をしてきたのだから、まちがいない。ずばぬけて耳がいいのも自慢だし、自分の持ち場のことならよく知っている。

なかにいるのが何者であろうと、《バジス》乗員でないことはたしかだ。技術的な障害でもない。そうした類いの音ならぜんぶわかる。そうではない。なかに未知存在がいて、ものを食べている……いやちがう、動物のごとく〝食らっている〟のだ。それが数ダースも!

この事態だけでも、だれかに伝えてしかるべきだろう。ルドベックもそれはわかっていた。しかし、物音を聞いただけで姿は見ていないといったら笑われるかもしれない。未知の相手をひと目見てみなくては。そう思い、用心深く足音を忍ばせると、壁にそって進み、開いたドアの縁からなかをのぞきこんだ。

ちらりと見て、懸念があたっていたことが判明する。そこにはたしかに異生物がいた。ルドベックがよく知る類いの種族ではけっしてない。ばかでかいイモムシのような生き物だ。頑丈そうな四本脚を使い、おかしな格好で直立している。腕も四本。からだは棘だらけで、錆色の光る甲皮におおわれている。〝ばりばり〟は巨大な鉗子状の歯が発する音だった。その歯を使い、自動供給装置のカバーを器用にかじりとっている。〝ずるずる〟は床にこぼれた液体や周囲にあふれだした食糧をすする音で、こちらも上手にやっている。でなければ、通廊にまで水たまりができていただろう。

もうたくさんだ、と、ルドベックは思った。自分は英雄ではないし、英雄になりたくもない。持っているものといえば道具箱だけで、完全に丸腰だ。それに、この奇怪な生き物のところへ行って不作法をとがめたところで、恥じたり悔いたりすることはまずないと、本能が告げた。それどころか、攻撃してくるかもしれない。かたいプラスティックをまるで柔らかいパン生地のようにえぐるくらいだから、人間の骨などひとたまりもなかろう。

あれこれ考えたすえ、そっと退散することに決めた。連中はほうっておき、この異常な事件について上に報告しよう。

それが正しい判断だったのはまちがいない。ただ、ルドベックが予測できなかったことがひとつあった。なんとこのとき、おんぼろの道具箱がついに壊れてしまったのだ。博物館行きといっていい代物で、ルドベックは祖父から受け継いだのだが、その祖父も自分の祖父から受け継いだとのことだ。古くてみすぼらしいとはいえ、実用的で重宝しており、これまではなんの不満もなかった。なのに、生涯最大のピンチというこの瞬間に、持ち手がもげたのである。箱は床に落ちてわきに転がり、蓋が開いて中身がぜんぶばらまかれた。

一瞬、ルドベックはその場に立ちつくす。それから、かれの年にしては驚くべき速さで反応した。くるりと方向を転じ、力のかぎり走りだしたのだ。絶望のなか、祈るような気持ちで考えた。あれは自分の思ったような生き物ではないかもしれない。もしかしたら本当に腹が減っていて、自動供給装置の食べ物がほしかっただけかもしれない。もしかしたら、平和主義のベジタリアンかもしれない……と。ところが、そうではなかった。連中はずるずる、ばりばりを即座に中断し、いちもくさんにテラナーを追跡しはじめたのだ。

ルドベックは若いころ多少スポーツをたしなんだことがある。だが、ずいぶん昔の話だし、種目も競走ではない。とはいえ、もし陸上選手だったとしても、方向転換をくりかえしながら五百メートルをずっと全力疾走できる人間がいるだろうか？ しかも、そのあいだずっと未知の敵に対する恐怖に耐えつつ、目的地に着いたら転送機を転極することを考えつづけながらだ。しかるべきリードを稼いでおかないと、その時間は得られまい。

だが、敵の足どりはロボットのように一定でむらがなかった。共通意志に導かれた大軍のごとき動きで、相手を追いつめて殺すことだけをめざしている。

地味な風采のデクス・ルドベックが懸命に走ったところでチャンスはないと、だれもが思うだろう。ところが、かれはやってのけた。走りながら何度も分岐点をたしかめ、まちがえないように念を入れる。《バジス》のこの区画は分岐が多く、まるで迷路だった。もどっては右へ、あるいは左へ、考えることなく曲がる。それでも追っ手はまちがえずについてきた。規則正しい足音と、鉗子歯のきしむ不気味な音が聞こえる。獲物はすぐそこだと確信し、欲望に駆られて歯をこすり合わせているのか。そう思うと、ルドベックにさらなる力が湧いた。

ようやく転送機に到達した。スイッチにこぶしをたたきつけ、グリーンのライトが点灯するまでの半秒をいらいらと待つ。勢いよく飛びこみ、救いの転送フィールドに身をまかせるまで、さらに半秒。あれほど揺るぎない敵を前にして、あまりにもどかしい半秒であった。

目的地は準備室のまんなかだ。それぞれ専門を持つ全作業員が、ここから仕事に向かうようになっている。ようやく着いたとルドベックが思ったとき、背中に一体、足に一体、錆色の怪物が鉗子歯で嚙みついてきたのがわかった。落とし穴にはまったような気分だ。背中に歯が食いこむのを感じる。背骨をまっぷたつにされたら、おしまいだ！ルドベックの同僚たちも作業員のリーダーも、なにが転送機から出てきたか見当がつかないらしく、助けることもできないまま硬直している。ルドベックが倒れこんだのは、ちょうど転送機を使おうと待っていた作業員の足もとだった。新しくて使いやすそうな道具箱を持っている。

死への恐怖が、地味な男に思いもよらない力をあたえた。ルドベックはすばやく状況判断すると、背中の重みに耐えてからだを起こし、道具箱の蓋に手を伸ばす。蓋が開いたとたん、鉗子歯がうなじに食いこんできた。大型のスパナが目の前の床に落ちる。ルドベックはそれを左手でつかみ、背中に向かって振りまわした。

こんどは運に見はなされなかったらしい。なにかが砕けてきしむような音が聞こえた。ナイフのように鋭い鉗子歯が一瞬、より強く食いこむ。ルドベックはふたたび一撃。背中の重みが消え、怪物がわきに転がり落ちる。こんどは足に嚙みついたほうの頭をスパナで殴った。だがそのとき、転送機から錆色の姿が次から次へと出てきた。ルドベックには体勢をたてなおすどころか、スパナを右の利き手に持ち替えるひまさえなかった。ただ手あたりしだいに周囲に打ちかかるのみ。やがて気を失い、その場に倒れた。

＊

ペリー・ローダン、ジェン・サリク、ロワ・ダントンが転送機で現場に向かうと、医療ロボットがデクス・ルドベックの傷を手当てし、止血しているところだった。命に別状はなさそうだ。ほかに要員四十名が負傷し、異生物のほうは三十体が死んでいた。逃げおおせたものは一体もない。多くはルドベックに脚を……すくなくとも、四本あるうちの一本を……たたきつぶされたからだ。作業員の準備室は戦場のようだった。意識がある者の話によると、ルドベックがこの生き物とともに転送機からあらわれたとたん、必死に戦いはじめたことしか把握していないという。未知生物のほうも、同じく出会う者すべてに狂ったように襲いかかったらしい。

ルドベックの容体は深刻なものではなく、麻酔をかける必要はないと医療ロボットが判断した。作業員は、人けのない場所にある食堂で未知生物を発見したと報告したのち、ロボットの意見で船内病院に収容された。

ローダンは未知生物の死体を不快げに観察し、

「なにをするつもりだったのだろう？」と、同行者二名にたずねた。

「これはプラネット・ピープルです」サリクがゆっくりという。「ここにきた者たちより小型で、触角がなく棘を持ってはいますが、まちがいありません。鉗子歯はより強そうだ。その行動から知性が低いことがわかる」

そこで考えこみ、問うようにローダンを見て、

「あの〝外交使節〟とやらがきた理由がわかった気がします」と、その場の全員が考えていたことを口にした。「かれらの目的はまさに《バジス》だったのです。こちらの乗員数を正確に知っているからには、このような戦士がたった三十体だけということはないはず」

「専門家に調べさせよう」と、ローダンは未知生物の死体をさししめす。「なぜこんな

ことになったのか知りたい。さて、われわれは生きている個体のほうにとりくまなければ。襲いかかろうと待ち伏せているはずだ。これらと同じく、どこかにかくれているにちがいない。ここにいるのは、ルドベックに発見されるのが早すぎたのか、まだ成体ではないようだが」

「わたしもそれが不安でして」ロワ・ダントンがつぶやく。「プラネット・ピープルという種族、この小怪物で《バジス》のような船を乗っ取れると考えるほどおろかではありません。この生物が成体になって卵をいくつ生むのか、知りたいもの……」

＊

捜索隊が《バジス》をくまなく探してまわるあいだ、科学者グループはプラネット・ピープルの死体を調べ、多くの事実が判明した。〝外交使節〟の数すくないコメントや若干の通信を傍受した内容からこれまでわかったことと合わせると、かなりはっきりした全体像が見えてくる。四分の一個体や八分の一個体といった概念も、あらたな驚くべき意味をもって浮かびあがってきた。

プラネット・ピープルは科学者たちにとり、まさに自然の驚異であった。非常に多産らしいということ以上に驚かされたのは、すでに産卵前から子孫に対し、きっちりと任務への心がまえをさせられる点だ。このちいさな怪物は明らかにそういう卵から孵化したということ。でなければ《バジス》に乗りこめたはずはない。
「この怪物はどこで栄養補給ができるか正確に知っていました」一科学者が興奮してい
う。「プラネット・ピープルはつねに、適当な自動供給装置の近くに卵を生み落として
います。子孫には供給装置の場所に関する情報だけでなく、その使い方についての知識
も付与されている。ところがデクス・ルドベックを襲ったグループの場合、不運にも供
給装置が故障していたのです。だから壊すしかなかった。ほかの大多数のグループはそ
ういう目にあわずにいるでしょう」
「つまり、ほとんどは気づかれないまま食事をしているわけだな」と、ジェン・サリク
が考えこむ。
「まさにそのとおり!」科学者は断言した。「かれら、われわれと同じくらいうまく装
置をあつかえます。〝敵〟の外見も知っているので、出会うのをうまく避けているんで
しょう。賭けてもいいですが、こうしたプラネット・ピープルの若いのが司令室近辺で
も徒党を組んでいるはずですよ。こちらがなにも気づかぬうちに。じつにとんでもない
話で……」
「かれらの成長速度は?」ロワ・ダントンが興奮した男をさえぎった。科学者ははっと
して額をなでると、
「非常に速く、完全な成体になるまで三、四日といったところでしょう。驚異的な成長

率です。比較できるものといえば……」

またちがう話に熱中しそうだったので、ダントンは急いで、

「成体はどれくらいの大きさになる？」と、訊いた。

「条件がよければ三メートルまで育つでしょうが、ここではかれらにとり最適の栄養が補給されないため、いささか早めに成長がとまると思います。ただ、それでも成体はきわめて強靭（きょうじん）です。キチン質の甲皮はかんたんには破壊できませんし、からだのつくりすべてがわれわれを凌駕（りょうが）しています。呼吸ひとつとってもそうで、かれらには肺がありません。からだに四本ある側線にそって呼吸孔がならんでいるため、肺を使って無理に細胞に酸素を運ぶ必要がないのです。そのおかげで持久力もあり、疲れを知らず……」

「これが成体になると、また何千もの卵を生むわけか？」

「いやいや！」科学者はあわてて答えた。「かれらは繁殖できないんです。そうとしか考えられません。これほど急速に成長する場合、生存のための器官が優先されるのが自然の摂理ですから。ここにいるのはあくまで戦士で、それ以上のことはできず、死ぬのも早いでしょう」

「だがまちがいなく、ここを地獄に変えるまでは死なないぞ！」ロワは苦々しげにコメントし、急いで司令室へもどっていった。

なにより不安なのは、どこを探すべきかわかっているにもかかわらず、いまの時点で

捜索隊が未知生物を探しだせていないことだった。いたるところにシュプールはあるのだが、肝心の姿が見えない。プラネット・ピープルの戦士たちは、かくれることに関しては天才的といえた。これほど近代的な宇宙船にかくれ場はさほどないし、異質なものをすべて探りだす能力を持つハミラー・チューブがあればなんとかなると思ったのだが。

今回はそのかぎりではないようだ。ひそんでいられるかたすみが、未知生物にはいくらでもあったということ。二十四時間たらずでくまなく探しまわるには《バジス》はひろすぎる。

奇妙な敵の総数も正確にはわからず、捜索はいっそう困難になった。

それでもしだいに、プラネット・ピープルが状況を見誤ったらしいことはわかってきた。あちこちでちいさな戦士の死体が見つかったのだ。とくに、昼となく夜となく探しまわっていた食堂の近くで発見されたのは注目すべきことだった。明らかに〝外交使節〟たちが用心のため、子孫に命令したのだろう……かくれ場を発見される危険をおかすより、餓死するほうを選べと。またべつの場所では、捜索隊は発育不全の若い戦士数体に出くわした。すぐ仮借なく襲いかかってきたため、ほとんど捕まえられず、科学者たちの怒りを買うことになったのだが。おまけにこの戦士、いったん捕まってもう逃げられないと悟ると、あっという間に死んでしまうのだ。死因は不明だった。

指のあいだから時がこぼれていく。科学者の言及した日数は容赦なく過ぎ、成体となった戦士と捜索隊のあいだに最初の衝突が起きた。一分ごとに《バジス》内にカオスがひろがっていく。

*

そのとき、ジェン・サリクは司令室にいた。プラネット・ピープルの行動について、もう一度ジェルシゲール・アンの判断を仰ごうと考えたのだ。まともな説明がつけば、かれらの動機が明確になり、話し合いも可能になるかもしれない。

〝外交使節〟の子孫が《バジス》を脅かしているとわかって以来、何度もプラネット・ピープルにコンタクトしようとしてきたが、まったく反応はなかった。ところが、艦隊内部では活発な通信がおこなわれている。最初はいりみだれた声のやりとりだけでまるきり意味をなさなかったが、人工惑星の残骸片が破壊されていくにつれ、しだいに静寂がひろがっていった。というわけで、完全なかたちの通信をいくつか傍受できた。

この時点で、残骸片の破壊に出たのはアウトサイダーの一派だということがはっきりした。それに関連して〝炎なし〟や〝完全個体〟という言葉が話題にのぼっている。これらの者たちのやり方を、ほかの同胞はまったく承認していないようだ。〝炎なし〟という単語から想像できるものは明確で、アルマダ炎を失ったという意味だろう。〝完全個体〟についても理解できる。ほかのアルマダ種族の通信内容からは……シグリド人の行動を見てもそうだが……アルマダ炎をなくした同胞に対して不信と動揺をおぼえているることがわかるのに、プラネット・ピープルの場合は炎なしのほうが支配権を握っているらしい。

ジェン・サリクはこうした通信をいくつかジェルシゲール・アンに聞かせ、意見を聞いてみたいと思っていた。ところが、ちょうどシグリド人司令官がそばにきたとき、大きな意味をはらむ出来ごとが起きた。人工惑星の最後の残骸片が破壊されたのだ。

「さて、どうなるか」サリクは小声でアンにいった。シグリド人も隣りで黙ったまま、なりゆきを見つめている。「なにかが起きるな」

実際、それは起きた。まずプラネット・ピープルの艦隊に、すべてが麻痺したような沈黙がひろがる。そのあと、《バジス》司令室にいても感じとれる静寂のなか、消えてしまいそうなかすかな声がスピーカーから聞こえてきた。まちがいなくインターコスモで。

銀河系船団の一部隊から生存確認がきたのだ！　この瞬間をどれほど待ったことか。だが、ようやくとどいたそれは、判別不能なまでにひずんだ救難信号であった。サリクがなんとか聞きとれたのは、〝ゴグ船《ラナプル》〟という名前と〝至急、救助を〟というフレーズだけ。あとは種々の雑音と妨害音にまぎれてしまった。

司令室に水を打ったような沈黙がひろがる。雑音のなかから通信士がもうすこし理解可能な単語をひろいだせないかと、だれもが息をひそめて待った。そのとき、サリクの耳にシグリド人のつぶやく声が入ってきた。

「クラスト・マグノに近づいてしまったな」

ジェン・サリクはすばやく振り向き、

「たしかなのか？」と、訊いた。

アンは考えこみながらサリクを見ていたが、ようやく、

「いや。ただの推測だ」と、答えた。

「なんなんだ、そのクラスト・マグノとは？」サリクは急きこんでたずねる。だが、返事は得られなかった。プラネット・ピープルの艦隊から突然、高出力の通信が飛びこんできたからだ。どうにかアルマダ共通語とわかる声でがなりたてている。

「こちらは完全個体チルブチュルだ。もう〝故郷〟は存在しないし、二度とつくられることもない。種族の繁栄を願う多くの者の協力を得て、わたしがそのように手配した。われわれ、あらたな故郷を手に入れるのだ……種族が望みどおりに発展していける、ほんものの故郷を」

つづきはだれも聞かなかった。全員がこの瞬間、なにかが起きる合図を感じとり、本能的に反応したから。完全個体チルブチュルのスピーチは、《バジス》を攻撃せよという命令だとしか考えられなかったのだ。

地獄の門が開いたかのようだった。《バジス》のあらゆる区画で、プラネット・ピープルの戦士がいっせいに表に出てくる。錆色に光る生き物が船内にあふれた。ふだん使われない通廊、通気シャフト、保守通路……無数のかくれ場から躍りでた戦士たちは、《バジス》要員を追いつめるという唯一の使命だけをプログラミングされていた。その生きる目的はふたつしかない。戦うことと、勝つことだ。

戦士は司令室にも出現した。どこにこれほどの数がいたのか。サリクは愕然とすると同時に、おのれの軽率さを呪った。あれほどペリー・ローダンが迫る危険を乗員たちに知らせ、パラライザーを携行させていたというのに、自分は武器をキャビンに置いてきてしまったのだ。素手で身を守るしかない。

戦士の一体がいきなり目の前にあらわれた。科学者の話に出てきたほど身長はないが、それでもかなり大きく、深淵の騎士をゆうに半メートルはうわまわる。おまけに装甲と棘で武装しているから、こんな生物と戦ったら深傷を負うのは避けられない。

隣りでシグリド人が戦士二体の攻撃を受け、床に倒された。はげしい怒りがサリクを襲う。もしジェルシゲール・アンが《バジス》で命を落としたりすれば、とんでもない結末になるだろう。そのことについてはいま、考えたくない。

暴力を忌み嫌うジェン・サリクだが、それでも本能的に、とりあえず手近にあった動かせる重い物体を引っつかみ、攻撃者に殴りかかった。忘我状態のなか、いたる場所で同じような騒ぎがくりひろげられていることに気づく。大昔の映画の一場面みたいだ。目の前で多数の人間が、殺人プログラミング生物に対する絶望的な防衛戦を強いられていた。それだけではない。プラネット・ピープルの戦士たち、技術機器は壊さないよう気を配っている。つまり、《バジス》が欲しいのだ……無傷の状態で。

しかし、それがわかったからといって、なんになるのか？ たとえばどこか制御装置の陰にたてこもってもいいが、敵は数でまさっている。

サリクは即席の棍棒……シートの肘かけ……で、鋼のようにかたいキチン質を何度も何度も殴りつけた。しかし、むだだとわかっている。パラライザー・ビームのはしる音が聞こえたが、麻痺して倒れるのは人間のほうだけ。プラネット・ピープルの行動力はそがれなかった。それでも、よく見ると麻痺した人間にはかまっていない。

「死んだふりを！」と、サリクはシグリド人に叫んだ。

ジェルシゲール・アンが理解したのか、あるいはプラネット・ピープルが目的を遂げたのか。とにかく、シグリド人はくずおれ、動かなくなった。アンを攻撃していた戦士たちは、こんどはサリクに向かってきた。

精神を病んだ脳がみるような悪夢だ。サリクはこの瞬間、だれかに訊かれたなら、セト＝アポフィスがプラネット・ピープルをそそのかして悪だくみに加担させたにちがいないと断言しただろう。

手あたりしだいに周囲に打ちかかるが、装甲と棘を持つ生物にかんたんにはねかえされる。無敵の相手は疲れを知らない。こちらが力を失っていくあいだも、敵の動きはすばやく力強いままだ。サリクは戦場と化した司令室をちらりと見わたし、スクリーンに目をやった。プラネット・ピープルの艦隊が動きだしている。ところが《バジス》に向かってくるのでなく、いずことも知れぬ目的地に向かって急行しているではないか。火花のごとく散ったと思うと、やがて消えた。超光速航行に入ったということ。

あまりに驚いたため、ジェン・サリクは一瞬、いまの状況を忘れた。それからわれに返り……茫然としながらも安堵した。終わったのだ。

のちにわかったのだが、プラネット・ピープルの艦隊が超光速域に入った瞬間、戦士たちは攻撃をやめていた。それから急激に老化が進み、ついには死んだ。干からびたキチン質の甲皮だけをあとにのこして。

《バジス》がコグ船《ラナプル》を捜索するあいだ、船内のかたづけが進められた。負傷者は数人いたものの、さいわい死者は出なかった。傷はすぐに癒えるだろう……だが、この陰惨な侵略事件はとうぶん忘れられそうもなかった。アルマダ第二二七八部隊、中央前方領域・上部一二八セクターのプラネット・ピープルは計画を断念し、無限アルマダの宙域から逃走すると決めたらしい。人類と銀河系諸種族がこれを幸運な偶然と賞讃するいっぽう、ジェルシゲール・アンとシグリド人たちは、どうしてこんなことになったのかと頭を悩ませた。たとえそうできる状況にあったとしても、アルマダ中枢が認めたはずはない。一アルマダ部隊がまるごと、ポジションをはなれて離脱するとは。強制インパルスはどうなったのか？

テラナーたちにとっても、解けない謎がのこった。この出来ごとはセト＝アポフィスのしわざなのだろうか。なぜアルマダ炎を失う者がいるのか。クラスト・マグノとはなんなのか。無限アルマダと銀河系船団にいったいなにが起きたのか。コグ船《ラナプル》はいつどのように、どういう状態で見つかるのか。

ペリー・ローダンはこれらの謎に対峙(たいじ)して、はるか昔の東洋の格言を思いだした。辛抱さえすれば謎は解ける、というものだ。このかつてない状況で、自分たちはあとどれだけ辛抱すればいいのだろう。

クラスト・マグノの管理者

エルンスト・ヴルチェク

登場人物

ペリー・ローダン……………………………銀河系船団の最高指揮官
タウレク………………………………………彼岸からきた男
ジェルシゲール・アン………………………シグリド人艦隊の司令官
ボザー・ファングル…………………………コグ船《ラナプル》船長
エルシー・バラング…………………………同乗員。通信士
クレンド・ハール……………………………プシュート。クラスト・マグノの管理者

1

事態を受けて、〝年代記の記録官〟に質問が提示された。この困難な状況に、アルマダ第七三八一部隊司令官のクレンド・ハールはどう対処すべきなのか？

ハールは大きな懸念をかかえている。そうでない指揮官など存在しないだろうが……なにしろ、いまの状況では！　それがハールにとっての唯一のなぐさめだが、問題の解決にはまったく役だたない。

全体の混乱状況は考えたくもないが、それをのぞいてもまだ憂鬱の種があった。アグレンチ・コールとムレグ・デントの運命についてだ。

二名はアルマダ炎を失った。トリイクル9を通過するあいだに消滅したのだ。蒸発したのかもしれない。いずれにしても、このプシュート二名は、もうアルマディストのしるしである炎球を持たない。かれらはもうアルマディストではないのか？　除名し、追放者としてあつかわなければならないのか？

ハールは二名を訪ね、話をした。かれらは生きるのに疲れはて、炎球と同じように消えてしまいたいといっている。操作員の仕事をあたえることくらいしか、妥協策はない。

だが、もとアルマディストが非アルマディストの仕事をするなど、許されるのだろうか？

次々に湧いてくる疑問に、ハールは苦しんでいる。それでもアルマダ中枢は沈黙し、なんの命令もしてこない。

この沈黙はアルマダ第七三八一部隊に対してだけだと、はじめは推測した。自分の知らない些細な過失があって、アルマダ中枢の制裁を受けたのではないかと。とはいえ、自分たち種族はつねに任務に全力をつくしてきた。

プシュートの状況に変わりはないが、目下、無限アルマダ内は大騒ぎである。混乱し重複する交信内容から、多数のアルマダ部隊が銀河じゅうにばらまかれたことがわかってきた。無数の艦がみずからの艦隊と連絡をとろうと必死になっており、全員がアルマダ中枢の命令を待ちつづけている。

こうしたことはハールには関係がない。まったくべつの任務があるからだ。それでもこの厄介なわかりにくい状況が、結果として自分の問題となることはありうる。

コールとデントのことは忘れなければなるまい。プシュート数百万のうちの二名にすぎないのだから。ほかの者にはアルマダ炎がある。

だが、宇宙艦が何百隻も姿を消し、この見知らぬ銀河をさまよっている事実を、かんたんに無視できるだろうか？　おそらく、アルマダ部隊からはぐれた艦の乗員たちは強制インパルスに苦しむことになるだろう。

いくつかの部隊の一時的不在についてはまだがまんできる。本当に一時的なだけで、またもどってくるのであれば。だが、睡眠ブイ〝カグール〟が消息不明というのは重大な事態である。

深刻な問題のはじまりはそこからだ。

数字を見ればすべてがわかる。

カグールには現在、二十万の睡眠者が収容されている。

そのうちの四万名はもうすぐ覚醒する。

そして、五万名がカグールに睡眠者として収容されるのを待っている。

ハールもその一名で、すでにひどい疲労に襲われており、再生には睡眠が必要だ。プシュートには先天的な運動欲求があって休むことができないのだが、それでも心身ともに衰弱が進行し、それがさまざまなところにあらわれている。

どんなにエネルギーを必要としていても、もはや食物をとることができない。ふたつの恒常器官が麻痺して感覚を失い、すでに固形食糧も液体食糧も味わえないのだ。吐き気という表現はふさわしくない。味覚が機能しなければ、吐き気をおぼえることもないから。

ハールはもう人工栄養摂取が必要な状況である。プシュートがこの段階に到達すると、倒れるのは時間の問題だ。

それでも人工栄養を利用し、アルマダ第七三八一部隊の司令官として任務を遂行しなければならない。最後までやりぬくしかない。

そこにあらたな問題も起きてきた。

操作員が倒れて脱落するいっぽうなのだ。のこりの者がその任務も引き継がなければならない。それによって急激な体力の消耗が生じ、その者たちも同様に脱落するのはわかりきっている。

トリイクル9に突入してから、要員の補充は困難になっていた。この銀河に到達してようやく、新しい操作員を雇うための徴募船が送りだされた。

さいわい、徴募船が通信で成果を伝えてくる。操作員問題は深刻化する前に解決できそうだ。

だが、それでもハールは満足していない。いまの状態では、のしかかる責任に対処できない気がする。

アルマダ中枢から命令がこない。呼びかけても返事がない。近くの部隊に問い合わせることも意味がないだろう。だれもアルマダ中枢との連絡方法がわからないようだ。過去に指揮官だった者たちが同様な状況にあったのかどうか、もしそうならどのように克服したのかを知りたい。

だから、ハールは記録官にたずねることにした。

過去の貴重な経験を役だてて、現在の困難の克服に適用したい。こうした事態を受けて、記録官に質問が提示された。クレンド・ハールはこの困難にどう対処すべきなのか？

だが、記録官は沈黙している。

それはハールの記憶するかぎり、いつものことだった。

2

まるで万華鏡のようだわ！　デネイデ・ホルウィコワは、いままで経験したことのない不思議な感情にひたっていた。

《バジス》の首席通信士である彼女は、なにかに熱中するタイプでもなければ、メランコリックな感傷とも無縁の人間だ。現実的で実務的で、二メートル一センチの長身でも背筋をぴしりと伸ばしたままである。

しかし、現実のものだけを認めてきた人生でめったにない瞬間、突如、この美しいものと出会った。

デネイデはこのときほど、見えるものを言葉で飾る詩的な素質が自分にあればと願ったことはない。詩人であれば、探知スクリーンから受ける感動を表現できただろうに。

そこにあるのはM－82の星々だった。M－82は爆発過程にある銀河で、セト＝アポフィスの拠点である。まるで光の海だ。どれだけの光が、堕落した超越知性体の補助種族があげる運命ののろしなのだろうか？

だが、星々の輝きは背景にすぎない。デネイデにとっては、ただの舞台装置だ。そのぼんやりした渦状腕のなかに、舞台演出家が色とりどりのガラスのかけらをひとつかみ投げ入れていた。上位次元の演出家ゆえ、〝ひとつかみ〟といっても空想上の大きさで、人間の基準を超越しているが。

ひとつかみの色ガラスのかけら……それは、種類もかたちも異なる数百万、数千万の宇宙艦だ。探知結果ではどの艦タイプもすべて異なる色でしめされるので、スペクトルの全色彩が必要となる。どの色もある特定のアルマダ部隊をあらわしているということ。その種族の所有する艦がすべて同色にまとめてある。

それぞれの部隊に総計数百万名の乗員がいて、そういう艦が数万隻ある。さらに、そういうアルマダ部隊が何千も存在する。いったいだれが全乗員の数や、飛ぶ宿舎である宇宙船を数えることができるというのだ？

無限アルマダはデネイデにとって、この銀河のなかで開花し、その絢爛(けんらん)さをあらわしたエキゾティックな野生の花のように見える。しかし、美しさに悲劇はつきもので、ロマンティックな野生美というのは、詩人にいわせると危険と脅威だ。数えきれない色とりどりの光点は、数十億名の運命をあらわしている……これほど多くの色彩があるのに、なにかがたりない、と、デネイデは感じていた。銀河系船団に所属する二万隻の艦船をしめす色のシグナルがない。万華鏡のなかの無数の色ガラスにまぎれてしまった。

きらめいているのか？

この見知らぬ宝石のなかで、《バジス》は唯一、よく知られた真珠であった。あるいは、そうではないのか？　にせものばかりのなかで、どこかに知っている宝石がひとつきらめいているのか？

デネイデ・ホルウィコワは現実にもどり、首席通信士のシートにすわりなおした。瞬間の魔法は消えたのだ。デネイデは詩人ではない。現実の真正面が彼女の居場所である。入ってくる通信シグナルにふたたび集中し、その背後にある運命について懸念する気持ちをおさえる。混乱してとどく通信のなかのアルマダ共通語を解釈することはせず、特定のシグナルだけを探した。

またも救助要請を受信。弱いインパルスが銀河系船団の周波でとどいたものの、しだいに弱くなっていく。インターコスモだ。

インパルスを受信すると、送信者を方位測定し、ひずみを除去して音声を強めた。探知機がのこりのテキストを自動的に処理する。

「……こちらはコグ船《ラナプル》……孤立し……包囲された……ボトル形の艦……至急、救助を……」

何度も受信した救難信号の断片だ。だんだん弱まっていくシグナルの発信源を《バジス》がようやくとらえる。そもそも受信できたのも、この高感度機器のおかげだった。

「座標確定」と、探知機が知らせてくる。インパルスはその後すぐ、完全に消滅。

これ以後《ラナプル》は二度と送信してこなかった。

シートにもたれかかろうとしたデネイデ・ホルウィコワは、スクリーン上に妨害フィールドを見つけた。一瞬のことだが、ヴェールのようなものがおおいかぶさり、すぐに消える。しかし、探知機がこの突発事態を重視しなかったので、デネイデも無視した。

部下のひとりにその場をまかせると、司令コンソールにおもむく。そこには威圧的な風貌のジェルシゲール・アンがいた。かれがアルマダ共通語でいった内容を、トランスレーターが訳す。

「われわれのいまの厄介な状況の責任は、あなたがたにもある。われわれを解放し、アルマダ部隊に帰還させてくれるなら、それを謝罪の一部と受けとろう」

このアルマダ司令官は、旗艦《ボクリル》の全乗員である二千五百名のシグリド人とともに《バジス》に足どめされている。

デネイデはペリー・ローダンに問うような視線を向けられ、

「残念ですが、この色とりどりの絵の具箱のなかに赤褐色はありません」と、首を振りながらいう。変わった表現をしたため、相手がびっくりしたような反応を見せたのに気づき、つけくわえる。「シグリド艦は一隻も探知していないという意味です」

「《シゼル》で調査飛行するよう、タウレクにたのむこともできる」と、ローダンはシグリド人司令官にいった。「やはり〝ひとつ目〟が適任だろう。かれはいまどこにいるのだ？」

だれも答えなかった。

そのかわりに、ロワ・ダントンがこういった。

「ゲシールもやはり見つかりません」

＊

「なぜ、わたしをこの〝遠乗り〟に同伴させたの？」ゲシールは感情を見せずにたずねた。

タウレクは笑わなかった。ゲシールがこんなふうに突然くりだす気まぐれなユーモアを賞讃するセンスはあると、誇示することもできたのだが。彼女の前ではまじめになり、気おくれして自信をなくしてしまうのだ。パイプ形小型マシン《シゼル》のプラットフォームにある鞍のようなシートに、緊張してすわっていた。その手は、いらだっておちつかないようすで、操縦ピラミッドを操作している。

突然、からだを硬直させた。顔は引きつり、黄色い目は一点を見すえている。

「こうやって、わたしに多くの地獄を味わわせるのが、コスモクラートの意向なのだ」と、タウレク。「いまは自分で選んだこのからだのなかに囚われている。それにより、おのずと限界もある」

「わかるわ」と、ゲシール。「でも、どうしてそれをわたしに打ち明けるの？」

《シゼル》はふたつの水晶がくっついたようなかたちの宇宙艦の編隊に近づいた。タウレクはこれにテラふうの名前をつけたく、〝ツバメの尾っぽ〟艦隊と呼ぶことにする。このアルマダ部隊からアルマダ作業工の一団が接近してきたので、タウレクは《シゼル》を絶対移動に切り替えた。その結果、ある白色矮星近くの虚無空間に出てしまう。タウレクは移動を停止し、そのあとは光速の二十パーセントで進んでいった。

「はじめて《バジス》で出会ったとき、きみの目を見て、わたしになにか特別な感情をいだいたのだと確信した」と、タウレク。「やがて、多くのことがわかった。きみはまずアトランに、そしてのちにはペリーにも同じような反応を見せたそうだな。個人にではなく、その者が持つ権威にひかれるわけだ。きみらしい。それでもわたしは自分がその例外になるという希望をまだ持っている。ふたりきりになりたいと思った。だから、今回の飛行にきみを誘ったのさ」

「でしょうね」ゲシールは、すべてわかっているかのように返事した。だが、相いかわらず無表情のままだ。

「きみのなかの黒い炎はもう燃えないのか、ゲシール？」と、タウレクが情熱的に訊く。「きみを駆りたてる、すべてを焼きつくす力はどうした？　キウープのことは？　ヴィールス・インペリウムは？　わかるだろう、わたしはすべて知っているのだ。あの欲望は消えてしまったのか？」

「わからない……」あきらめたように聞こえる。タウレクを見つめ、「あなたの知識で、わたしを救えると思うけど」

「それは自分自身でやるべきだ」と、男は答える。「ゲシール、もっと記憶をたどってごらん。わたしの目をじっと見ろ。ゆっくり時間をかけて。それから、なにが見えたか話すのだ」

ゲシールはヒュプノにかかったように立ちすくみ、タウレクを凝視する。黒い目には、目ざめた渇望と増大する欲望があふれている。タウレクはこの視線に耐えられない。いや、耐えられるかもしれないが、そうしたくないのだ。必要以上に体力を消耗するので。つまるところ、このからだには限界がある。

司令プラットフォームのエネルギー・ドームの下に静寂がもどった。タウレクが操縦ピラミッドを操作するあいだ、衣服についたプレートのこすれる音だけが聞こえていた。だから、テラナーはこの衣服を〝ささやき服〟と呼んでいる。ゲシールのとがめるような視線を避けるためにも、タウレクはなにかしなければならなかった。目的のない飛行に向け、《シゼル》をふたたびスタートさせる。

ぎらつく白色矮星ははるか後方となった。タウレクはとある星系に飛来し、一宇宙航行種族が居住する惑星を確認。強力なハイパーエネルギー・インパルスを数回、意図的に送って挑発してみた。しかし、エネルギー源を調べようとする宇宙船は一隻もあらわれない。《シゼル》はすでに探知されているはずだが。

しかも、セト＝アポフィスの支配圏まっただなかであるのに！

どうして超越知性体は、侵入者に対して補助種族を動員しないのか？

タウレクはこの星系を去り、《バジス》の近くにいるアルマダ部隊を探すことにした。そうすればすみやかに帰還できると、ひそかに考えたのだ。

ひとつ目は、そのかたちからテラふうの感覚で〝空飛ぶボトル〟と名づけた宇宙艦を、ほぼ三万隻確認した。大部分の艦はアルマダ・フォーメーションで飛行しているが、艦隊の中心部だけは《バジス》くらいの大きさになるような編隊を組んでいる。

最初、ボトル艦が《バジス》をかこんでいるのかと思ったが、最新探知データにより、ちがうことが判明。アルマダ部隊の興味の対象は、長さ十二キロメートル、厚みはその半分の不格好な塊りであった。見たところ、捕らわれた小惑星のようだ。

タウレクは興味を失い、次の編隊に目を向けた。ところが、探知データを読みとろうとしたとき、ゲシールの言葉に気をそらされた。

「わたしの前にいるのは、人間の男性だわ」その声を聞いて、タウレクは彼女のほうを振り向く。「身長は一メートル八十センチ以上、スリムで痩せすぎくらいだけど、スポーツで鍛えたからだをしている。骨ばっているのに、いっぽうでは猛獣のようにしなやかで、黄色い目はそれにぴったり。そんな風貌とは対照的なのが、みじかく刈った赤褐色の髪と、花崗岩を磨いたような四角い顔のそばかすね。そこには、きびしさと青年のような無邪気さが混在しているの。矛盾をあらわしている顔だけど、それは性格も同じだということ。陽気で無鉄砲なのに、内向的な一匹狼。ところが、ほかの人たちのなかに入ると、それを補おうとして……」

「もう充分だ！」タウレクは口をはさみ、笑った。だが、その目は笑っていない。ためし息をつき、たずねる。「きみが見たものはそれだけか？　記憶が引きだしたものは、まだ発見できないのか？」

ゲシールはかぶりを振ると、

「なにかヒントになるようなものがほしいわ」

タウレクは断固として首を振り、

「《バジス》に帰還する」と、きっぱり告げた。

「わたしを助ける気がないの、それとも助けられないの、タウレク？」と、ゲシール。

「さっきいったのは、ただの思いつきだ。忘れてくれ。わたしはコスモクラートに任務をあたえられた。それを遂行するのみ。それ以外のことは意味がない」

そのあと、ひとり言のようにつけくわえる。

「これ以上、べつの地獄に送られるのはごめんだが」

ひとつ目は陽気に屈託なく笑った。まるで、ただの冗談をいったかのように。

＊

イルミナ・コチストワは生体内部を観察すると、いつも夢中になる。いわゆる〝プシ視覚器官〟を使って生体内部を詳細に分析し、無数の細胞の集まりとして見るのだ。これじたいが、なんと奇想天外な宇宙であることか！　彼女はメタバイオ変換能力をルーチン・ワークとして使ったことはけっしてない。つねに新しい発見を得てきた。

とくに興味をそそられるのは、むろん未知生物の研究だ。

それでも、ジェルシゲール・アンを調べるにあたっては良心がとがめた。いつわりの事実を本当らしく見せかけてこのシグリド人司令官の信頼を手に入れ、情報を探りだすなんて、気が乗らない。

それでも、人間社会における職務として……あるいは、より重要な使命として……遂行した。

「トランスレーターは〝鋼リウマチ〟と訳したけれど、痛みがあるようね。おそらく、わたしなら治すことができると思うの」

イルミナはこういって、シグリド人をおびきよせた。相手ははじめから怪しいと感じていたようだが、メタバイオ変換能力の説明を聞くと、ますます疑わしげなようすを見せる。この能力を使えば、全細胞群を破裂させることも可能だと聞いたからだ。当然、死亡にいたるケースもあると。

「だけど、そういう使い方はもう長いあいだやっていないわ」と、イルミナはアンを安心させた。「ずいぶん前から、能力はおもに治療に使っていて、かなりの成果もあげている。細胞を腫瘍化させることができるのと同じく、それを阻止することもできるの。退化した細胞の機能を変性させて再生することも、だいたいにおいて可能なのよ」

これを聞いて、ついにジェルシゲール・アンは治療に同意した。そのことから、かれがいかにリウマチに悩まされているかがわかったともいえる。だが、イルミナのいちばんの興味は、痛みのもとである背中の脂肪の瘤ではなく、頭上二十センチメートルのところにあるテニスボール大のむらさき色の炎だ。

これがアルマダ炎！

自分を卑劣に感じてしまい、シグリド人の鋼リウマチをできるかぎり治療しようと決めた。

検査はぜんぶで五回おこなわれる。そのうち三回はグッキーも同席し、シグリド人を会話に引きこんでテレパシーで探ろうとした。

しかし、ネズミ＝ビーバーは期待した成果をあげられなかった。《バジス》ですでにわかっている以上の情報は読みとれなかったのだ。アルマダ第一七六部隊の司令官は、トリイクル9がもともとなんであったかも、アルマダ中枢が実際にはなにをさすのかも知らなかった。オルドバンについても不明瞭な理解しかない。アンはただ、オルドバンがさまざまなやり方で活動すると信じているのみ。伝説の無限アルマダ創始者は人工生命体ではないかと想像しているようだ。その想像もまた明確なものではなかったが。

とはいえ、グッキーの努力がむだであったわけではない。突然、シグリド人から興味をそそられるものを読みとったのだ。

ネズミ＝ビーバーが会話の流れを、表向きは謎だとされている無限アルマダの歴史に向けたときのこと。

「わかんないな」グッキーは不思議そうに、「だってさ、どういう経緯で無限アルマダがはじまったかっていう、過去を見わたせるような歴史文書があるはずだろ。それを読めば、重要な疑問の答えはぜんぶ見つかるはずだよ。オルドバンについてだって」

「そのような文書は存在しない」と、アンは答える。嘘だった。かれが実際に考えたのは、次の内容だ。

〈もちろん、アルマダ年代記は存在するが、部外者はけっして閲覧できない〉

グッキーはこれで、ペリー・ローダンに報告できる成果をすこし得た。

イルミナのほうは結果がまったく出ない。全面的に失敗だ。どんなにアルマダ炎の微小宇宙に侵入してみても、この不可思議な炎現象の本質を解き明かすものを〝見る〟ことはできなかった。結局、生体プラズマなのか、エネルギー産物なのか、技術機器なのか、それさえも断定できない。パラメンタル・インパルスを送りこんでも、拡散していく霧のなかを通るように、アルマダ炎を滑りぬけただけ。

第一回目の検査時から、すでにそのような感じだった。そののちも同様の結果だ。

それに対し、ジェルシゲール・アン自身の検査では異なる結果が得られた！

このシグリド人は二メートル二十センチのどっしりした体格で、からだ全体が大小さまざまな水疱におおわれている。頸がほとんどないため、頭部は動かしにくい。その頭部には、深い眼窩（がんか）のなかにレンズ形の瞳孔（どうこう）を持つ黒いふたつの目があり、その下に鼻にあたる突起と、栄養摂取のための漏斗（ろうと）形器官がある。さらに、堂々たる顎が前に突きでていた。

だが、こうした外見の特徴も、超能力が伝えてくる内容にはおよばない。筋肉質のみじかい腕と脚は巨大な細胞群で、骨、腱、筋肉、皮膚、血液などを構成しているのは多種類細胞の宇宙であった。

真の目的が失敗に終わったあと、イルミナはジェルシゲール・アンの背中に隆起する瘤を調べた。これはシグリド人全員にあり、おもに脂肪細胞からできているが、水分を通す毛細管システムでもある。瘤は水分と栄養の大型貯蔵庫なのだ。それを消費すれば、シグリド人は長期にわたり栄養補給がなくとも生存できる。

イルミナは長時間にわたり、瘤の驚くべき細胞配列を徹底的に調べた。何度も個々の細胞に集中して、ミトコンドリアや細胞核を探りだし、遺伝子の搬送体……信じられないほど複雑なデオキシリボ核酸の鎖……や、エネルギー代謝などを探究した。それらの基本パターンは人間のものと変わらない。見落としなどないはず。個々の細胞の反応を検査するため、イルミナはさらに検査をした。

それでも、アンの鋼リウマチの原因は見つからなかった。

イルミナ・コチストワにとり、もともとの任務の失敗よりも、こちらのほうが落胆は大きかった。リウマチを治癒できないと打ち明けると、シグリド人司令官ははっきりと、

「わたしの全組織をのぞきこむのは指令どおり遂行したのだろう、メタバイオ探偵？」

おそらく、アルマダ共通語ではもっと乱暴ないいまわしだったろうが、トランスレーターはていねいに訳していた。

いずれにせよ、このときからイルミナは、このシグリド人に出会うとある種のうしろめたさをおぼえる。

いま、ローダンからミュータント全員が呼びだされて、司令室にきたときも、やはりそうだった。呼ばれたのは、《ラナプル》の救難信号が発信されたポジションがついに判明したからだ。どの座標に飛ぶべきか、わかったという。

フェルマー・ロイド、ラス・ツバイ、グッキーはもうきていた。ちょうどグッキーが、

「タウレクとゲシールが《シゼル》でもどってきたぜ」と、話している。

タウレクの奇妙な小型飛行物体を探知機がとらえなかったことについては、だれも驚かない。タウレクは十週間前にも同じように《バジス》にやってきたのだ。だれにも気づかれず、警報システムを作動させることもなく。

「それで？」と、ローダンがたずねた。

「べつに、なんも」と、グッキー。「ぼかあ、偶然にメンタル・インパルスを感じとっただけさ。くわしく知りたかったら、直接タウレクに訊いてよ」

じきにタウレクが司令室にあらわれた。ゲシールは同伴していない。

「ゲシールをぶじに連れて帰ったぞ」と、笑みを浮かべながら、すこしからかうような調子でいう。「ひとりになりたいといって、キャビンに引きあげた。それでも、わたしが紳士的にふるまった点については、いつでも証言してくれるだろう」

ほかの者がいえばいやみに聞こえただろうが、タウレクの無邪気な口調には、ペリー・ローダンでさえ微笑せずにはいられなかった。

「ちょうどいいときにもどってきたな」と、ローダン。「《ラナプル》のポジションがわかった。アンの推測が正しければ、クラスト・マグノも……それがなんであるにしても……おそらくそこだ」

ペリー・ローダンがいったのは、《ラナプル》の最初の救難信号をとらえたときのシグリッド人の発言のことである。アンは、この突発事件がクラスト・マグノと関わりあるかもしれないと懸念していた。

「きみにわたすものがある」タウレクはローダンにデータ記憶装置を手わたした。《バジス》の規格に対応する媒体だ。「銀河系船団の船を一隻、偶然に撮影したのだが、《ラナプル》ではないかと思う。見てみてくれ、ペリー。役にたつと思う。きみたちのコンピュータに対応するコピイを用意したから」

3

アルマダ中枢からアルマダ第七三八一部隊にとどいた最後の命令は、異人の船団を追跡し、撃破せよというものだった。

クレンド・ハールは自問する。わが種族が拿捕（だほ）した比較的ちいさな楔型船（くさび）は、はたしてその異人のものなのか。無限アルマダの敵なのだろうか、と。それでもジレンマにおちいることはない。緊急の場合は、アルマダ中枢の最後の命令を無視するつもりだ。操作員がどうしても必要なのだから。

なにを優先すべきかは承知している。敵との戦いは、アルマダ第七三八一部隊にとり二義的意味しかない。プシュートは平和主義者なので、種族内でもうまくやっているし、他者との関係も良好だ。相手がべつのアルマダ種族でも、アルマディストでなくても。

プシュートはただ任務のためだけに生きている。

拿捕した未知船じたいに関してはアルマダ作業工が処遇を決めるだろう。この汎用ロボットは、どのアルマダ司令官にも従属せず、〝オルドバンの右腕〟か、その外勤助手と呼ばれている。ハールは自分に語りかけた。アルマダ作業工のやり方を見よ。異人たちの抵抗をおさえこむことで、プシュートを助けている。そのさい、異船も乗員の命も危険にさらすことはない！　これがロボットのやり方だ。道理にふたつなし。アルマダ作業工にとって正しいことは、プシュートにとっても正しい。

ともかく、クレンド・ハールは緊急に操作員を必要としていた。

最終状況では九百三十名となっていて、せめてあと五十名は必要だ。拿捕した楔型船の乗員数がすくなくともその倍であるよう、祈る気持ちだった。

司令本部で進行中の拉致作戦に関する最新状況を報告させる。しかし、あまりに進行がゆっくりしていて、せっかちなハールにとっては緩慢すぎる。不安が増大してアルマダ炎への圧力が強くなり、ますます運動欲求が強まる。

気がつけば、休養睡眠の必要なプシュートの数は八万名に上昇していた。各部隊から搭載艇で搬送されてきて、昏睡ゾーンの待機ホールは満員となっている。この睡眠候補者たちを収容して面倒をみるには、さらに多くの真空区域に呼吸可能な空気を満たさなければならない。さいわい、睡眠段階の到来を予期してほぼ全員が運動欲求を低下させているため、パニックにはなっていない。しかし、やっとできた秩序を壊す者が、睡眠候補者のなかにかならず数名いるのだ。そういう者はプシュートの道徳には反するのだが、担当のアルマダ作業工が医療処置をほどこし、朦朧状態にする。

それでもクレンド・ハールはそれを受け入れるよりほかなかった。捜索コマンドはカグールをいまだ発見していない。ほかのアルマダ部隊の支援を期待することもできない。どの部隊もみな、それぞれの問題をかかえているからだ！　これは、無限アルマダが徐々に崩壊しているという意味ではないのか？

オルドバン、なにか合図を！

しかし、アルマダ中枢は沈黙したままだ。

アグレンチ・コールとムレグ・デントの状態は変わらない。もうすこしがんばればアルマダ炎がもどってくるかもしれない、と、ハールは二名を励ます。かれらのためにできるのはそれだけだ。それとも〝白いカラス〟からアルマダ炎を手に入れるべきか？　もはやその場にじっとしていられなくなる。監督管理業務を副官のナール・アーマンクにまかせ、巡回に出ることにした。

〝独楽(こま)〟に乗る前に、医療担当のアルマダ作業工のもとへ行き、人工栄養の摂取を受ける必要がある。これは屈辱だが、しかたない。カグールに行かなければならないほど、自分の状態が危険なことはわかっている。だが、睡眠ブイは消息を絶ったままだ。

ハールはようやくアルマダ作業工から解放され、かなり力がついた気がした。ただ、屈辱感はのこっている。

起こりうる困難を忘れるために、なにかしなくてはいけない。

独楽に乗りこみ、スタートさせる。さまざまなセクションを高速で通過して、状況報告データを入手。とりこんだとき以上のスピードでそのデータを処理し、自分は睡眠候補者たちとはちがう、と、自負する。だが、それはもちろん勘ちがいで、客観的にはすでに睡眠者の仲間なのだ。そう、自分にいいきかせる。

考えまい。まだ睡眠段階に入れないのだから、任務への責任を持ちつづけよ。その任務とは、クラスト・マグノを保持・管理し、再生させ、拡大させ、発展させること。すくなくともこれに関しては、すべてうまくいっている。ハールは、湿度、ポンプのリズム、オゾン含有量、制御調節などのデータをとりこんでは、問題なく処理していった。

毛細管の結節点がある一セクターでは〝氷化〟がおこなわれる予定だ。最近までここで勤務していた操作員三名は、いざとなれば避難し、べつのセクターに配置される。その一名が移動中に死亡したら、どうなるか……クレンド・ハールは知りたくなかった。プシュートにとり、死は恐ろしいものではない。しかし、べつの考え方をする種族があることはハールも知っている。そういう者たちにとって、死は完全なる終末なのだ。なにもハールは、異なる考えを持つ者を転向させるべきという意見ではない。宣教師ではないのだから。それでも自分なら異人の遺体をエネルギー圃場(ほじょう)に送ったりはしないだろう。だが、アルマダ作業工はそのためにいる。プシュートの道徳的・倫理的原理にしたがうことはない。ロボットにとり、アルマダ第七三八一部隊はその他大勢のひとつにすぎないのだ。

アルマダ作業工は無限アルマダの種族の枠をこえた存在である。この汎用ロボットはオルドバンの右腕か？　人工生命体の一部なのか？　クラスト・マグノ、クラスト・アルサ、クラスト・シークス、あるいは、噂だけで名前も知られていないそのほかのクラストと同じように？

クレンド・ハールは新しい操作員について問い合わせる。なぜこれほど長く待たせるのか。

回答は満足のいくものではなかった。新しい操作員候補たちはかなり反抗的らしい。アルマダ作業工は、かれらを敵と判断すべきか検討しはじめてさえいるという。

ハールはここで最終判断をくだし、独裁者気どりのロボットをしたがわせることにする。その意志表示のため、独楽を格納庫におさめると、連絡船に乗りかえて旗艦《アンジュ》に飛行。自分が行くことは伝えてあるので、乗りこんだらすぐにスタートできるだろう。

艦長はすでに交代ずみだ。先任の艦長は休養睡眠が必要で、クラスト・マグノ内の昏睡ゾーンにある酸素を満たしたホールで、睡眠支援要員にカグールの睡眠ブイに搬送されるのを待っている。

スタート前、ハールにいい知らせが飛びこんでくる。プシュートの出生率がゼロの状態を継続できそうだというのだ。この状態は、アルマダ印章船もまた行方不明だという通信を受けて以来、維持されている。これにより、すくなくともプシュートは、いかにして子孫にアルマダ炎を授ければいいかという心配をせずにすむ。

《アンジュ》はクラスト・マグノ周辺の三つの保安ゾーン……マグノ＝セン、マグノ＝ケイル、マグノ＝テーゲ……を注意深く飛行する。その後、旗艦は加速して、拉致宙域に到達。異宇宙船の乗員たちは孤立している。すでに抵抗はあきらめたようだ。つまり、通信設備と船載兵器を使用不可能にされたということ。だが、楔型船内に侵入する試みはことごとく失敗している。強行突入すれば、操作員候補のほとんどを死なすことになるだろう。それはクレンド・ハールの望むところではない。

ハールは拿捕した船をクラスト・マグノに運ぶよう命令する。そのほうが乗員に接近できる可能性があるからだ。とくに、プシュートのように酸素呼吸する種族ならば。

かれらが実際に非アルマディストであるか、ハールは確認する。船のかたちからは推測できないから。無限アルマダに属する全タイプの艦船の一覧はない。すくなくとも、プシュートはそのような手引書があることを知らない。だが、船は完全に無限アルマダの所属ではないとわかる。グーン・ブロックがついていないからだ。

楔型船の外被にアルマダ牽引機が四機とりつけられる。船所有のエンジンが作動しないよう、アルマダ作業工が操作する。誘導ビームで、異船がクラスト・マグノへの決められたコースをとれるようにした。

　これでクレンド・ハールは安心して現場を去ることができる。部下のプシュートは操作員候補を早く任地に運べるよう尽力し、アルマダ作業工も積極的に支援するだろう。

　クラスト・マグノの状態は、近い未来に関してはとりあえず問題なさそうだ。しかし、そのあとは？

　カグールがすぐに発見されなければ、どうなるのか？　アルマダ中枢が沈黙をつづけたら？　子孫にアルマダ炎を授けられないという理由で、出生率ゼロを維持しつづけなければならないとしたら？

　クレンド・ハールは疲れはてていた。それを側近に伝える。

かといって、運動欲求がおさまるわけではない。その反対で、睡眠期が近づくほど性急になる。ハールの場合、過労によって段階的に〝ハイパーキネス〟になるのだ。一種の進行性・超可動状態ということ。これにより、栄養摂取ができなくなり、恒常器官は両方とも壊死したようになる。

　クレンド・ハールはクラスト・マグノにもどる。

かれにとり、クラスト・マグノは命にひとしい。ほかのプシュート数百万と同様に。

4

ペリー・ローダンは、まったく権限のないふたりによって指揮官の地位を脅かされるという、奇妙な状況におかれていた。

最初に登場したのはタウレクだ。両目とも健康なのに〝ひとつ目〟と名乗っていることの男は、コスモクラートの名のもと、銀河系船団の最高指揮権を要求してきた。

その後、エリック・ウェイデンバーンが同じことを要求した。かれはアルマダ印章船でアルマダ炎を授かったのち、《バジス》にもどってきたのである。アルマディストとなり、銀河系船団を無限アルマダに組み入れるための交渉使節として。

両者とも、とくにこの要求を強要するわけでもない。タウレクの場合は、本気かどうかもローダンにはわからなかった。それに対し、おのれしかたよるもののないウェイデンバーンのほうは、優勢な権力に屈せざるをえなかったようだ。銀河系船団が無限アルマダのメンバーになれば、どれほど重要な機能をはたせるかという論拠を展開し、どうにかしてローダンを説得しようとした。もともと雄弁家だし、アルマダ印章船でなかなかのアルマダ的弁論研修を受けたようだ。

しかし、むろんローダンを納得させることはできなかった。

のちにタウレクとふたりきりになり、ひとつ目がこの話題をふたたび持ちだしたとき、ローダンは打ち明けた。

「わたしはむしろ、ことを逆にしたいのだ。われわれが無限アルマダに組みこまれるのではなく、こちらが自分たちの目的のために向こうを利用する。無限アルマダを、人類が宇宙の深淵に挑むための乗り物として使うということ。魅力的なアイデアだと思わないか、タウレク？」

タウレクは答えなかった。どうやらローダンの空想的発言を聞いて、はじめて本当に驚いたようだ。だが、ローダンはもうそれ以上、この話題には触れなかった……ただの空想なのだから。

ローダンは目的地への飛行中、再度そのことを考えた。《バジス》はいくつものアルマダ部隊の近くを通りすぎ、全体の大きさとその潜在力を目のあたりにする。

だが、無数の宇宙艦からなるそのような巨大な組織がいかに不安定かということも、いっそうはっきりしてきた。無限につづく宇宙艦で構成される何千ものアルマダ部隊を統率していた秩序は、フロストルービンに突入したあと、徹底的に乱されてしまったようだ。ひとえに、この複雑な組織の〝中枢〟が欠けたというだけの理由で。明らかに、無限アルマダが機能するのは全体がそろったときだけなのである。

《バジス》は目標までの最後の航程で、百隻ほどの艦からなる一アルマダ部隊に遭遇した。その艦はふたつの水晶の基部がくっついたようなかたちで、尖端は鋭角になっており、それぞれ前方に伸びている。

「わたしが見つけた〝ツバメの尾っぽ〟だ！」と、タウレクが楽しげに叫ぶ。「前に近くを飛行したさいは、まとまった編隊ではなかった。いま見ると、全艦の基部を中心に持ってきたフォーメーションをつくろうとしているようだ」

「たしかに」ローダンもそれに賛同し、魅せられたように大全周スクリーンを凝視した。

「その軌跡を見ても、大きなひとつの構造物をつくろうとしているとしか思えない。巨大水晶だな。いったいなにを意味するのだろう？」

これは修辞的疑問であり、驚愕と感嘆を表現したものにすぎない。ローダンは答えをもとめているわけではなかった。だから、返事があったときは非常に驚いた。それも、ジェルシゲール・アンが答えたのだから。シグリド人はこういった。

「これはプテモ＝オガイデンの結婚飛行だ。ここで女王が決定される。その女王が、次の三十睡眠段階のあいだ、子孫の面倒をみるのだ」

「どういうことだ？　なぜ突然、ほかのアルマダ部隊について事情通になった？」ローダンは驚きをかくせない。

「われわれシグリド人はかつて一度、プテモ＝オガイデンと戦闘になったことがある」アンは率直に答える。「それはわたしの生まれるずっと以前のことで、伝承として知っているだけだ。だが、戦闘の原因はわかっている。シグリド人種族がプテモ＝オガイデンを攻撃するにいたる、非常に重大な理由があったのだ。われわれは正しかった。なぜなら……」

「なぜなら……？　そのつづきは？」タウレクが興味ありげに訊く。

「戦闘の原因はなんだったのか？」と、ローダンもあと押しする。

アンは迷ったようだが、やむなく答えるはめになり、一語だけ発する。トランスレーターは次のように訳した。

「アルマダ年代記」

「アルマダ年代記？」ローダンは驚いたふりをしてくりかえす。グッキーから、アンが無限アルマダの歴史文書に関連してこの言葉を思考したことは聞いていた。だが、シグリド人が自分に面と向かってそれを口にすると思わなかった。

「ただ、ほんもののアルマダ年代記ではない。せいぜいコピイのコピイくらいだ」アンはつづける。「たんなる模造品ということ。ところが、プテモ＝オガイデンはそれを啓示書とみなし、にせの内容を無限アルマダにひろめて信仰の域にまで高めようとした。シグリド人種族はそれを阻止したかったから、このいかさま予言者たちを攻撃し、模造品を破棄した」

「で、ほんもののアルマダ年代記は？」ローダンはたずねる。「どこにあるのだ？」

「ある極秘の場所に保管され、何重にも防御されている」と、アンは答えた。それまでとはちがって急に能弁になり、「無限アルマダにおいて、アルマダ年代記はもっとも厳重に守られてきた秘密のひとつだ。オルドバン自身が監視しているのかもしれない」

「本当にそのような年代記があるのならば、一度は見たいものだ」と、ローダン。「無限アルマダの起源や使命など、さまざまな疑問がかならず解明されるだろう」

「アルマディストでない者には、しょせん無理だ」と、アンが応じる。「そもそも、アルマディストでも選ばれた者しかアルマダ年代記には近よれないのに、あなたはアルマダ炎すら持っていない。無限アルマダのなかでは、いたるところで冷酷に拒絶されるだろう」

「アルマダ炎は苦労してでも手に入れる価値があるということか」ローダンはそういい、タウレクのからかうような笑みに気がつくと、「まじめな話だ。アルマダ炎を手に入れる、なんらかの方法があるはず」

「せいぜいエリック・ウェイデンバーンのを奪うくらいだろう」タウレクは愉快そうにいう。

「あるいは……」ジェルシゲール・アンがいう。「……をたずねるしかない。アルマダ炎を入手できるということだ。ただし、かなりの代償が必要だそうだが」

「いまの言葉をもう一度くりかえしてもらいたい。トランスレーターが翻訳できなかった、その発音しにくい名を」と、ローダン。

シグリド人は妙な目でローダンを見て、アルマダ共通語でなにかいう。こんどはトランスレーターもすぐに翻訳に成功し、こう聞こえてきた。

「どうしてもアルマダ炎がほしければ、〝白いカラス〟をたずねるしかない」

「白いカラス」ローダンは復唱したものの、これを聞いてもなんのことかわからず、すこし落胆した。まだいいたいことがあったが、そこへハミラー・チューブの報告が入る。

「目標宙域に到達しました」

ローダンはほかのことはぜんぶ忘れ、現時点の問題に専念する。コグ船《ラナプル》とその乗員五十人のことだ。

この船と乗員の命のためなら、戦いも辞さないつもりでいた。

＊

スクリーンで見るようすは、タウレクが《シゼル》での調査飛行から持ち帰った映像とほとんど変わらない。近距離探知のデータも、タウレクのものより精密でもなかった。

さまざまな大きさの宇宙艦ほぼ三万隻が、たがいにかなり接近して飛行し、長い楕円体の編隊を組んでいる。たびたび個々の艦が編隊からはずれ、さまざまな方向に飛んでいく。

どの大きさでも基本のかたちは同じである。たしかにタウレクがいったとおり、だれもが〝空飛ぶボトル〟を思い浮かべた。ボトルのネックの長さは全体の三分の一ほどで、のこりが艦体および艦尾になっている。細くのびたネックのはしを前方にして、飛行していた。

ペリー・ローダンは編隊のなかから大きめの艦をひとつ選び、ハミラー・チューブに全画面表示させた。長さ八百八十メートル、艦首の厚みはわずか四十メートル。艦体の直径は百二十メートルで、そこに駆動装置のグーン・ブロック四機が設置されている。漆黒の艦体は遠方の恒星の光をほとんど反射しない。外観のはっきりした映像にするためには、ポジトロニクスで着色をほどこさなければならなかった。

タウレクの撮影映像と同様、編隊の中央には相当数の艦の集中が見られる。だがよく見ると、ちいさめの部隊が集まってグループをつくり、長さ十二キロメートル、厚みはその半分の、溶岩のような物体をかこんでいるのだった。これらはどうやら監視部隊で、この小惑星に似た構造物を防御しているようだ。

「あれがクラスト・マグノなのか？」いびつな穴だらけの構造物がスクリーンに拡大されたのを見たローダンがたずねる。

「クラスト・マグノだ」と、ジェルシゲール・アンが確認する。

ローダンはその塊りをもっとよく観察した。ごつごつした溶岩のような表面は、青みがかった厚い氷のような透明層の下にある。さまざまな大きさの開口部は、おおわれていないのも、エネルギー・バリアや装甲ハッチで保護されているのもある。いたるところに青色の保護層からなるドーム形の起伏があった。観測室のように透明なドームもあれば、装甲をほどこしたり機器を設置したり、防御施設や探知施設のようなものもある。あらゆる観点から見て、クラスト・マグノは守りのかたい要塞を思わせた。近接する戦闘艦が防御壁を築いていることからも、そういえる。そのあいだをさまざまな大きさのグーン・ブロックが行きかい、あらゆる種類のアルマダ作業工がうごめいている。

「《ラナプル》です！」ハミラー・チューブが報じ、光学シグナルでそれをしめした。

全長百十メートルのコグ船は、巨大なクラスト・マグノの前ではごくちいさく見える。ローダンはタウレクの撮影が示すような《ラナプル》を囲いこむボトル艦の編隊を見張っていたので、指摘がなければそれに気づかなかったであろう。

なぜその映像と事態が変わったのか、ローダンはすぐに気づいた。楔型船の船尾にグーン・ブロックが設置されている。その推進力により、《ラナプル》はクラスト・マグノをめざしていた……開口部に向けて、まっしぐらに。

「大事故になりますよ！」探知センターが警告してくる。「あの進入路は、コグ船にはちいさすぎる」

　アルマダ牽引機が《ラナプル》を開口部に進入させようとするのを、ローダンは息をひそめて見ていた。コグ船が楔形の船首から進入していく。グーン・ブロックが作動を停止し、《ラナプル》は減速した。おそらく牽引ビームが働いたのだろう。だが、遅すぎた。コグ船は静止することなく、開口部に衝突。その縁に側部がまさしく楔のように食いこみ、動けなくなった。

「これは事故ではない」と、ロワ・ダントン。「無限アルマダは《ラナプル》を故意にこの位置に持ってきたんだ」

「願うところだ。われわれは《ラナプル》を破損なくとりもどすことができる」ローダンはおさえた声でいうと、《バジス》船長のほうに向き、命令する。「ウェイロン・ジャヴィア！　クラスト・マグノへの直進コースをとれ」

「《ラナプル》からの弱いメンタル・インパルスを感知」フェルマー・ロイドが報告した。「あまりに弱くて解読できません」

「というより、絶望感を表現してる感じだね」と、グッキーがつけくわえる。「ただ、人命損失を嘆いているふうには聞こえないけど」

「警戒！　攻撃されます！」

　全員がスクリーンを観察していると、突然、百隻のボトル艦が編隊をはなれて加速するのがわかった。《バジス》に向かって直進してくる。

「現コースをたもて！」ローダンの命令だ。「われわれを脅せるとアルマディストが思っているのなら、大まちがいだ」

べつのグループもまた編隊をはなれて《バジス》の側面に接近してきたが、ローダンは気にしない。ほぼ百隻ずつからなるグループがぜんぶで十、散開して《バジス》を包囲しようとしている。

「本当に戦うつもりですか？」と、ロワ・ダントンが訊く。

「いや」と、ローダン。通信センターに連絡し、首席通信士が応答すると、命令する。

「デネイデ、アルマディストにコンタクトをとれ。われわれにはコグ船の返還以外、なにも要求がないことを知らせよ」

「それは意味がないだろう」ジェルシゲール・アンが口を開いた。ずっと黙っていたが、注意深く経過を見ていたのだ。「クラスト・マグノを防衛するアルマディストは本来、温和な種族だが、自分たちの聖なるものが脅かされるとなれば、命がけで戦う。かれらにとり、《バジス》は真の脅威に見えているにちがいない」

「成果なし」デネイデ・ホルウィコワの返事だ。「アルマディストは呼びかけに応答しません。もしかするとアルマダ共通語を習得していないのかもしれません」

「この防衛者種族はプシュートというのだが、妥協を知らない」ふたたび、アンが発言した。「《バジス》は撤退するか、かれらに殲滅されるかのどちらかだ」

「アルマディストがちょうど、われわれの射程内に入ります」と、兵器主任のレオ・デュルクが知らせてくる。「ボトルネックに向けて警告射撃しますか？」

ペリー・ローダンには答える時間がなかった。

突如、船内に警報が鳴りひびいたのだ。防御装置が自動的に作動して、《バジス》はエネルギー・バリアにおおわれた。次の瞬間、周囲の宇宙空間に閃光がはしる。エネルギー放電の連鎖反応が起こり、火炎爆風が《バジス》の防御バリアごしに荒れ狂った。

「心配ご無用」と、ウェイロン・ジャヴィアがおちついた声で、「計器がしめしているのは、限界値よりかなり低い数字です。船の防御バリアはこの千倍の負荷にも耐えられますよ。とはいえ、アルマディストはかならずまたなにかしかけてくる。この威嚇射撃は本気ととらえなければ」

火炎爆風が消えると、スクリーンには、ボトル艦が《バジス》のまわりに半球形の壁をつくっているのがうつしだされた。逃げ道はただひとつ。クラスト・マグノへ向かうコースだ。

ペリー・ローダンは強行突破はまったく考えなかった。挑発して宇宙戦に持ちこみたくない。それも、総勢三万隻という優勢なアルマダ部隊を相手には。

「撤退！」と、命令する。

命令にしたがい《バジス》が充分に後退したので、ボトル艦の群れはコースを変えて自分たちのアルマダ部隊にもどっていった。

「《ラナプル》を見捨てたわけではない」ローダンは決然という。「だが、第一に考えたのは、クラスト・マグノであやうい運命と向かい合っている、ボザー・ファングルひきいる乗員五十人のことだ。とにかく、乗員を救いだす手段を探ろう」

「わたしの《シゼル》をよろこんで提供するぞ」タウレクはとっさに応え、にやりと笑いながらつけくわえる。「もちろん、わたし自身も。クラスト・マグノには心ひかれるものがある。いったいなんなのか、ぜひとも知りたい」

ローダンは考えこみながらうなずくと、ジェルシゲール・アンのほうを向いて、

「クラスト・マグノは聖なるものだといったな。それは、プシュートにとってだけなのか、それとも、全アルマディストにとって？」

「クラスト・マグノは伝説に満ちた場所なのだ」と、シグリド人は述べる。トランスレーターの翻訳では、アンがどの言葉も熟考して注意深く選んでいるように聞こえた。「クラスト・マグノ以外に、ほかのクラストもある。ぜんぶでいくつあるか知らないが、名称がわかっているのは、クラスト・シークス、クラスト・ヴェンドル、クラスト・アルサだ。それらすべてがアルマダ中枢と密接な関係にあると、わたしは確信している。その関係だけでも、われわれアルマディストには特別な意味のあるものだ」

アンがいきなり饒舌になったことにローダンは驚いたが、驚きはしだいに消えた。シグリド人がこうした知識を、結局は自分の目的のために伝えていると気づいたからだ。

アンはくりかえし、自分とシグリド人二千五百名を希望するポジションに降ろすよう要求してきた。それがいまだ実現していないのは、ポジションが決まらないせいである。どこかに庇護をもとめることも考えていないらしい。これまでは、いつか《バジス》がシグリド艦に遭遇するのではないかと期待していたのだろう。

だが、いまはすべての希望をクラスト・マグノにゆだねたようだ。そこに行けばアルマダ中枢と連絡がとれると信じているのか、あるいは、クラスト・マグノがシグリド人を受け入れると想定しているのか。

「なるほど、そういうことか」と、ローダン。「アン、きみが望むなら、わたしとタウレクに同行してクラスト・マグノへ行ってもらいたい」

シグリド人は躊躇なく同意。ローダンは、アンのアルマダ炎がクラスト・マグノへの通行証になるだろうと考えたのだが、その本心は明かさなかった。

ローダンら三名の作戦は全員の賛同を得たわけではない。ミュータントたちが……もちろん、とくにグッキーが……そのようなリスクには自分たちの力を使うべきだと主張したのだ。しかし、ローダンは譲らなかった。

「きみたちは《バジス》にのこれ」と、説得する。「われわれが危険な状態になったら助けにこられるように、準備しておいてもらいたい。きみたちは、いわば切り札だ。そう軽率に出してはいけない」

「お世辞なんかいらないよ」と、グッキーは不平をいい、親友のラス・ツバイに話しかける。「テレポーターってだけでもたいへんなのにさ、ましてペリー・ローダンの配下だと苦労するよね」

ネズミ＝ビーバーはこれでみなの笑いを自分のものにしたが、ローダンの決断を変えることはできなかった。

ローダン、タウレク、ジェルシゲール・アンだけが《シゼル》でクラスト・マグノへ飛行することに変更はない。

5

エルシー・バラングにとって、最近は思いだしたくない記憶ばかりだった。

ボザー・ファングルがペリー・ローダンの命令にしたがい、《バジス》のあとから《ラナプル》でフロストルービンに突入したときのことも。

だれも命令拒否など思いつかなかった。銀河系船団すべてが《バジス》にしたがうことは当然であった。無限アルマダの脅威を前にして、それ以外の逃げ道はなかったから。

ただ、その結果までは予測できなかった。だからエルシーにとり、それはよけいに恐ろしく、消えることのない記憶となった。

なんという衝撃的体験だったことか。《ラナプル》が見知らぬ銀河に出たとき、銀河系船団の二万隻は跡形もなく消え失せていたのだ！

本当に恐ろしかったのは、船団のほかの艦船から孤立して、無限アルマダの数千におよぶ艦隊のまっただなかに出現してしまったこと。

ボザー・ファングルがポジション確認したことなど、乗員のなぐさめにもならない。

「この銀河はまちがいなくM‐82だ」と、船長は説明した。「銀河系から一千万光年しかはなれていない。いつでも故郷銀河にもどれる」

乗員たちを安心させるためにそういったのだが、意味はなかった。というのも、フロストルービンの通過によってかんたんに二千万光年を翔破したことを、ボザーは黙っていたから。そうなのだ！

だれも故郷銀河にもどることなど考えなかった。まずは銀河系船団を見つけなければ。しかし、それは見こみがないと、じきにわかった。銀河系船団の船たった一隻を探知することさえできなかったのである。まして通信など、不可能だ。

おそらく、アルマダ艦の頻繁な交信によって全周波がブロックされているのだろう。

無限アルマダ内でも収拾のつかない混乱になっていて、部隊が分裂し、責任者らは困惑し狼狽（ろうばい）していることがわかってきた。

「これでおそらく、状況はこちらのプラスになる」と、ボザーは述べる。「アルマディストも混乱しているから、いままでよりコンタクトしやすくなるかもしれない」

だが、この推論は誤りだった。

すべてが予測とちがっていた。数隻のアルマダ艦が通信連絡してきて、コグ船に気づいてから、さらに状況はひどくなる。ボトル形の宇宙艦隊がコースを《ラナプル》に向けたとき、真の恐怖がはじまって……

次に起こったことを思いだすと、エルシー・バラングは叫びそうになる。だが、このとき鎮静化インパルスが彼女をとらえ、恐怖の映像は消え去った。

エルシーは忘却の海に沈んでいく。

*

エルシーは自分が漂っていると思った。これはすべて幻覚なのだとわかっていたが、それを知っても役にはたたなかった。抵抗力が麻痺していく。

〈過去のことを考えても意味がない。きみには新しい使命がある。これからのきみの任務はクラスト・マグノを守ることだ〉

クラスト・マグノ？　新しい使命？

なぜそんなことになったの？

エルシーは思いだそうとする。思考のなかで、宇宙戦の映像が一瞬ひらめいた……実際には小競り合いにすぎなかったが。ボトル艦が一方的に優勢で、《ラナプル》はすぐに敗北を喫したのだ。あまりに強力な敵は船体に傷ひとつつけず、乗員に危害もくわえずにコグ船を乗っ取った。負傷者もいなかった……いや、そうではない。動けなくされた《ラナプル》にグーン・ブロックが設置され、いきなりスタートしたとき、エルシー自身がコンソールに頭をぶつけて裂傷を負ったのだった。

〈忘れよ……忘れるのだ〉と、インパルスが命じてくる。〈緊張を解いて、新しい任務に向けた訓練を受けられるようにするのだ〉

自分の心のなかに入ってくる力にいずれは打ち負かされるのが、エルシーにはわかっていた。それでもこの暗示と戦う。必死におのれの記憶にしがみつき、それを消えさせることなく、よみがえらせようとした。それが、精神を奴隷化しようとする力に対する唯一の武器だから。

あれからなにが起こったのだろう？　時間感覚がまだまともなら、あの出来ごとはせいぜい二、三日前のことだ。

さまざまな種類のロボット……アルマダ作業工が、《ラナプル》の船尾にグーン・ブロックをとりつけ、ボトル艦がコグ船を曳航していったあと、なにがあったのか？

全乗員が麻痺したようになったのをおぼえている。ボザー・ファングルはこぶしを握ったまま司令コンソールの前で立ちすくみ、船が未知者に曳航されるのを、激怒しながら傍観するほかなかった……

＊

「ただのかすり傷だから」エルシー・バラングは医療ロボットをかわそうとした。だが、ロボットが執拗なので、あきらめて処置させた。

「エルシーのほかに負傷者は？」と、ボザー・ファングルがたずねた。その黒い顔には汗が流れていた。なにもすることはなかったから、体力を使って汗をかいたのではない。緊張による汗だ。

「ほかに犠牲者なし！」と、だれかが応答した。

「わたしも犠牲者じゃないわよ」エルシーはいきりたっていう。「持ち場にとどまります」

「わかった」と、ボザー。「それなら緊急周波で呼びかけをつづけてくれ、エルシー。銀河系船団のだれかが運よく受信するかもしれない」

あまり期待しているようではなかった。

「すくなくとも、無限アルマダがまだ通信させてくれるんだから、運がよかったわね」と、エルシーは応じる。

「もう一度アルマダ共通語でかれらにコンタクトしてみてはどうだろう？」と、副長のヴァルゴ・ストレンジェンが提案。「われわれをどうするつもりなのか、わかればいいのだが。おそらく、それほどひどいことはないと思う。ともかく、こちらを壊滅させたりはしなかった。われわれのことも船も傷つけなかったからね」

「むだです」と、エルシー。「無限アルマダはこちらとのコンタクトを必要としないと、はっきり意思表示しています。全方位に向けて救助要請したほうがよっぽどいい」

エルシーはそのとおりにした。何時間も、根気強く、休むことなく。やがて、エネルギー残量がほんのわずかにまでなったのに気づき、落胆する。

「アルマディストがこちらのエネルギー・システムを押さえたようね」女性技師のケイト・コレイヴが報告する。「ちょうど生命維持システムに必要な供給量だけのこされているわ」

「通信を切れ！」と、ボザーが命じ、エルシーはそれにしたがう。失望のあまり、涙があふれた。船長はつづけて、「近距離探知と光学的観察というぜいたくは、まだできそうだ。それ以上のことはできない。これまでに、われわれの救助要請がどこにもとどかなかったとすれば……」

突然、照明がちらつき、ついには消えた。ボザーは黙りこむ。一瞬、すべての船内機器が停止。一Gの人工重力までも消失したが、非常用発電装置が作動してすぐに正常にもどる。

「どういうことだ？」ボザー。「エルシー、わたしの命令にしたがわなかったのか？」

「わたしの責任です」と、首席探知士のテオ・レイモンドが答える。「遠距離探知を実行し、そのさいエネルギー・ネットに負荷をかけすぎました。だが、成果はありましたよ。ここから二光年の距離に《バジス》と思われる巨大な物体を探知しました」

「うますぎる話だな」と、ボザー。「気休めはなしにしよう。事実だけに目を向けなければ。たよれるのは自分たちだけだ」

「あれはなんだ？」ヴァルゴ・ストレンジェンが叫ぶ。全員、唯一まだ機能するスクリーンを見た。

そこにはたくさんのボトル艦の群れがうつっていた。小惑星に似た、穴だらけで部分的に改造されたような巨大な構造物をかこんでいる。数隻の艦が横にはなれ、そこに《ラナプル》が滑りこめるようなひろい進入路ができていた。

「無限アルマダ内に天体が存在するなんて、だれか聞いたことある？」と、ケイト・コレイヴがたずねる。「あれはアルマディストにとり、未知の物体ではないはず。まるで聖遺物のように見守っているから」

「聖遺物か。そうかもしれない」と、ボザーは考え深げにいう。「この構造物は近くで見ると、小惑星というより人工要塞のようだ。もしかすると、このアルマダ部隊の司令官が乗る旗艦かもしれない……」

「あるいは、この銀河で盗んだ品かも」エルシー・バラングは冗談のようにつづけた。

「ばかな！」と、ボザー。「そうならば、われわれをここまで連れてきたりはしないだろう」

「見ろ！」テオ・レイモンドが驚愕して叫ぶ。「かれらは《ラナプル》をまっすぐに開口部へ導いていくぞ。だが、あの開口部はちいさすぎる！」

全員、奇妙な構造物がだんだん近づいてくるのを、息を凝らして見た。全長十二キロメートル、厚みはその半分で、表面は厚い氷のような層におおわれている。その姿はすぐにスクリーン全体を占め、文字どおり爆発するようにひろがった。開口部のひとつが映像の中央に移動し、ますます大きくなる。

船内のだれも阻止することができないうちに、《ラナプル》の船首が開口部にもぐっていった。全員が急激な減速を感知する。エネルギーが充分になかったので、加速圧吸収装置がフル作動しなかったのだ。

衝突した瞬間、エネルギー・ネットワークは完全に崩壊した。《ラナプル》ははげしく振動して、男女とも、立っていた者は上方へ飛ばされ、座席にすわっていた者は前方に投げだされた。痛みと恐怖の絶叫が暗闇のなかで鋭く響きわたる。

やがて、静けさがすこしずつもどってきた。だれかが投光器を点灯。静寂のなか、ボザーがいう。

「《ラナプル》は開口部に引っかかっている。アルマディストがくるだろう。全員、それにそなえろ。宇宙服を着用し、トランスレーターを持っていくように。ことによると、かれらと会話できるかもしれない」

だが、この期待もまた破られた。

そのあと起こったことは、エルシーにとってもっとも恐ろしい記憶だ。それでも、未知の影響から身を守るため、記憶にしがみつく。

インパルスが話しかけてきた。必死に無視しようとしたのだが。

〈いま持っている印象は忘れよ。きみはまちがった視点から見ているだけだ。すべてがまったくちがう。きみは訓練を受けて操作員となるべく、選びぬかれたのだ……クラスト・マグノを機能させる者として〉

「いや！」

本当にそう叫んだのか、それとも、絶望のなかで強くそう思っただけなのか？

エルシーはふたたび、忘却の海に沈んでいく。おだやかな波に揺られて、興奮はおさまっていき、おちついた。

だが、気がつくとまた浮かびあがり、恐ろしい思いにとらわれる。

「やつら、《ラナプル》を構成部品にまで分解するつもりだ。われわれに近づくために、船をあっさり解体しようとしている！」

エルシーは頭のなかでボザー・ファングルの声をはっきりと聞いた。まるで、いまちょうどその出来ごとを体験しているかのように。あのあと、船長は一連の命令を出し、乗員五十人を十のグループに分けた。

どのグループも武装し、トランスレーターをひとつ持たされた。その装備でかれらはアルマダ作業工のほうへ急いだ。ロボットは《ラナプル》の外被を溶解し、巨大なプレートをはずしはじめていた。

エルシーはボザーひきいるグループにいた。ボザーはちいさいタイプのアルマダ作業工に出くわすと、トランスレーターをとりだしてスイッチを入れた。ところが、なにかひと言発するより早く、ロボットに装置を撃ち壊されてしまう。

ボザーのほうも砲火を開いた。腕の多数あるロボット一体にビームを命中させたが、それと同時に、オレンジ色に揺らめく透明のエネルギー・フィールドにつつみこまれ、動けなくなった。

エルシーもほかの者も同様の運命となる。アルマダ作業工に武装解除され、溶解してあけられた穴を通ってコグ船から連れだされた。装備は宇宙服だけだ。

穴の向こうにはチューブ状の、まわりをふさがれた通路が構築されていて、そこを通り、球形の乗り物に連行された。乗り物は半球ふたつからなっている。上半球は透明で、大きめの乗客用スペースと操縦コクピットに分かれていた。操縦席は全体の五分の一のスペースしかない。

そこに未知生物がすわっていた。おそらく、エルシーたちを捕らえたアルマディストの代表だろう。

〈最初の訓練をはじめよう!〉

この強いインパルスが前触れなくやってきたので、エルシーは驚かされた。すぐに気をとりなおして記憶にしがみつく。

〈クラスト・マグノの操作員のもっとも重要な掟は、その任務を誠心誠意、心身をつくして遂行することだ。操作員には自分の命、自分の心身を守る権利がある。だが、クラスト・マグノの保安と存続はいかなる場合にも優先だ……たとえ自己を犠牲にしても〉

「いやよ！」

この運命をエルシーは受け入れたくない。

＊

操縦する未知生物は、その球形の乗り物と同じくまるかった。淡いグリーンの毛がふさふさして、ぬいぐるみのボールのようだ。毛はみっしり生え、その下の体型はわからなかった。手足もまた毛皮にかくれているし、頭部にあたる部分はそもそもまったくわからない。

一度だけ球形の毛皮生物はエルシーたちのほうを向いた。そのとき、体の上部の毛が逆立って、弱く光る器官が見えた。目かもしれない。さらにその下に一瞬、二重になった吻（ふん）のようなものが確認できた。先端に漏斗状のものがふたつついている。そこからうがいをするような音を発したあと、生物はまた向きなおり、乗り物の計器盤に専念しているようだった。

毛皮の下から、細い骨ばった二本腕がすばやく出てくる。八本指の手で機器を操作すると、またかくれた。

同時に、乗用球が動きはじめる。透明の上半球は固定され、下半球だけが高速回転しはじめた。

急な加速によって、エルシーとボザーとあとの三人は半球形の座席に強く押しつけられたが、すぐに最初の衝撃からたちなおった。

「毛皮玉がどのように、この高速で乗り物をコントロールできるのか、気になるな」と、エルシーの同僚がいう。《ラナプル》が引っかかった場所からしだいに細くなっているトンネルを、乗用球は猛スピードで通りぬけた。

「アルマダ作業工よりもこの異生物のほうがずっと温和な印象だ」と、ふたりめの同僚。

「そのアルマダ作業工にわれわれの船を拿捕する命令をあたえたにちがいないのは、このアルマディストだ。忘れるなよ」と、三人め。

「それはわからない」ボザーが口をはさんだ。「無限アルマダ内のヒエラルキーについてわれわれが知るわずかな情報によれば、アルマダ作業工と呼ばれるロボットは種族の枠をこえた存在だ。おそらく、アルマダ中枢の命令だけを遂行するのだろう」

「このアルマディストも明らかに同様ね」エルシーはいう。「わたしがいいたいのは、かれらは無限アルマダのなかで特殊な機能をになっているということ。この穴だらけの物体を守ることに関連するのだろうけど」

　乗用球で移動し、中心部へ深く入っていくにつれ、この巨大物体の内部が空洞になっており、トンネルの迷路が蛇のように張りめぐらされているのがわかった。

　さらにトンネルは、幾何学的な構造でもなければ、建築の原則にもしたがっていないと判明。

「このトンネル・システムは自然のままのようですね」と、エルシー。

「わたしもそう思う」ボザーが同意する。「それに、もしかしたら……いや、的はずれかな」

「もしかしたら……有機生命体かもしれない？」と、エルシーはたずねた。ボザーがうなずくと、「ありうるわ！　氷のように見える合成物質で宇宙空間から保護され、このアルマダ種族全員に世話をされ、崇拝されている、巨大生命体……」

「やめろよ、エルシー」同僚のひとりがいう。「いやな連想をしてしまうから。自分が生け贄として捧げられる子羊になったような気がする」

　全員、しばらく沈黙する。猛スピードで移動するあいだ、だれもができるかぎり、周囲を見きわめようとした。

　しかし、生きている有機体かもしれないという、エルシーの第一印象は変わらない。

　もっとも、通っていくトンネルの〝壁面〟や湾曲した天井は石化しているようだ。そこかしこに技術設備が見られる。エアロックのようなもの、さまざまな大きさのハッチ、操作盤、技術機器を完備した空間などがあった。

だからといって、これがかつて生きていただろうという思いを忘れることはできない。あるいは、いまもまだ奇妙な生命に満たされているのか。しかも、技術機器に維持されて。

移動中、同じような乗用球にいくつも出会った。進路が交差していたり、いきなり猛スピードで目前にあらわれたりするので、だれもが衝突は避けられないと思ったものだが、衝突はまったく起こらず、一行はしだいにこのスリルに慣れていった。

「この毛皮玉、操縦が宇宙一うまいレーサーかもな。あるいは、不可視の誘導ビームがあるのか」と、だれかがいう。

「ここは明らかに非常に重要な信仰の場だ」と、ボザーが考えにふける。「ただ、実質的にはどういう目的を持つのかという疑問はのこる。半有機性の巨大コンピュータかもしれない。ひょっとしたら、アルマダ中枢の支局のようなものか。そうであるといいが。その場合、貴重な情報を得ることができるだろう」

突然、エルシーが叫び声をあげ、両目をおおった。

「どうした？」ボザーは心配してたずねる。

「みんな、あれを見なかったの？」と、彼女はまわりを見まわすが、もうすでにその場所は通りすぎ、ひろい丸天井空間にきていた。べつの乗用球がふたつ、ほかのトンネルから飛びだしてきて同時に停止。それぞれから《ラナプル》乗員の五人グループが降りてくる。エルシーの乗用球も上半分が開いて、全員が降りた。

「いったいぜんたい、なにを見たんだ？」と、ボザーが腕をつかんで訊いてくる。だが、エルシーはただかぶりを振るばかり。それからようやく口を開いて、

「本当に恐ろしかった。だれも見ていないから、信じてくれないでしょうけど。幻覚ではありませんでした」

「なんだったのだ？」

〈考えるな！〉と、インパルスが命じる。〈名誉ある任務の準備をせよ。考えをあらためるのだ。クラスト・マグノをあるがままに見なければいけない。そうすれば、きみが操作員として、どれほど重要な機能をはたすのかがわかるだろう〉

いやだ！　エルシーはすべてを忘れたくなかった。記憶のとおりにものごとを理解したい。暗示による条件づけから自分を守るためにも。

思いだしなさい、エルシー！　そう自分にいいきかせる。さっき見たものをはっきり思いだすのよ。ものすごく恐ろしかったから、船長にたずねられても、適切な言葉が出てこないのだけど……

「なにを見たんだ、エルシー？」と、ボザーがふたたび訊く。

乗り物は猛スピードで通りすぎたから、じっくり細部を観察するひまはなかった。それでも、開いたり閉じたりする巨大な器官の印象ははっきりしている。まるで、生きているエアロックが正確なリズムで脈動するかのようだった。開いて、閉じて、また開いて……心臓の筋肉が鼓動を刻むように。

それだけではない。開閉をくりかえすあの有機体の後方に、べつの生物が数体いた。外観についての記憶はないし、ヒューマノイドであったか爬虫類生物であったのかもいえない。ただ、このあたりで出会う毛皮生物ではなかったのはたしかだ。

さらにもうひとつ、記憶の底に抹消できずにのこっていることがある。それらの生物が、種々のチューブやケーブルによって壁につながれていたことだ。脈動する壁……生きている壁に。

ボザーはそれを聞くと、ばかばかしいといいたげに、

「そりゃそうだ。ここがそれほど重要な場所ならば、他種族のアルマディストがいるとしても、驚くに値いしない」

エルシーは船長に面と向かって叫んだ。

「そのとおりです！ ただし、その生物にはアルマダ炎がありませんでした。わたしたちをどんな運命が待ちうけているか、これでわかったでしょう？」

〈きみが見たのは、操作員たちの作業のようすだ〉と、インパルスがこっそり教える。

〈この重要な任務をはたせるのは、非アルマディストのみ。訓練が完了すれば、きみも操作員になれる。すべて忘れればいいだけだ〉

エルシーの抵抗は徐々に消える。同時に、恐怖の記憶も。ヒュプノ学習装置の暗示的音声との戦いで疲れはてていた。忘却による心地よい眠気に身をゆだねる。

頭のなかに、最後の映像がいくつかよみがえった。

丸天井空間に《ラナプル》の乗員が全員そろうと、アルマダ作業工があらわれた。乗員はひとりずつ次々に捕らえられ、訓練センターに連れていかれた。そこで操作員としての訓練を受けるのだ。

ほかの乗員たちも、数名がエルシーと同じものを目撃していた。それを聞いて、ボザー・ファングルもついに彼女の言葉を信じたが、もうなんの役にもたたない。遅すぎたのだ。エルシーは疲れはてて、不安を感じることもできなくなっていた。操作員としてあたえられるのは、責任ある重要な任務にちがいない……自分たちはクラスト・マグノの操作器官となり、生命維持装置となるのだ。

〈次の訓練に進もう！〉

エルシーは進んでおのれの精神を開放した。

6

《シゼル》は暗赤色の防御バリアにおおわれ、ゆっくりと《バジス》の格納庫から滑りでた。タウレクは操縦ピラミッド前の鞍に似たシートにすわり、ペリー・ローダンとジェルシゲール・アンはそばのプラットフォームにいる。ローダンは、のちにクラスト・マグノ内で動きやすいようにと、軽宇宙服を着用していた。タウレクと《シゼル》の能力を知っていたので、目標を達せられることに疑いを持っていない。シグリド人も宇宙服を着用している。《ボクリル》から《バジス》に持ちこまれたもののひとつだ。

「操縦をかわりたいかね?」と、タウレクはローダンにたずねる。

「そういう遊び心は起こらない」ローダンの答えだ。「いつでも操縦できるという確証だけで充分だ」

「だが、わたしの承諾なしにはだめだぞ」と、タウレクはいいかえす。

ジェルシゲール・アンは意味がわからないかのように会話に参加しなかった。ローダンのトランスレーターは作動していたのだが。

赤い防御バリアの内側に四角い反射面があらわれた。これはすぐにスクリーンとなり、《バジス》の部分映像がうつしだされる。

タウレクは操縦ピラミッドの計器盤に軽く指を滑らせた。目に見える調整はなにもしなかったが、《シゼル》の一連の機能を作動させた。ローダンは以前から、この比類なきマシンの装置とタウレクのあいだでテレパシー性の対話がおこなわれることを知っていた。

タウレクが考え、《シゼル》がそれに反応するのだ。

《バジス》の巨大な船体が驚くほど速くちいさくなり、見えなくなった。同時に、背景映像もいくらか変化する。星々の配置は同じままだが、無限アルマダの艦船が視野に入ると、光の現象に明らかな偏移が見られた。

ジェルシゲール・アンがうめき声をあげる。

「絶対移動に驚いているようだな」と、タウレク。

「またリウマチの発作が出ただけだ」と、シグリド人は答える。

ローダンは思わず笑ったが、シグリド人がいぶかしげな目を向けてきたので、アンはけっしてユーモアのつもりではなかったのだろう、と、解釈した。

防御バリアの反射スクリーンに、プシュート艦の群れがあらわれる。そのすぐ近くを《シゼル》は飛行しているが、相手はこの小型飛行物体を探知できないようだ。

いかに早く目的ポジションに達したかわかると、ジェルシゲール・アンはようやく驚きをあらわにした。

「それほど速く飛行しているとはわからなかった。これならシグリド人の部隊を探すのもかんたんなことだろう」

「それについてはまたの機会に話そう」と、タウレク。「とにかくいまはきみの助けが必要だ。ところで、知っていたか？　ペリー・ローダンも瞬間移動できる道具を持っている。いまは使えないのだが」

タウレクがほのめかしているのは、ライレの〝目〟のことと、それについて以前ふたりで話した内容についてだ。ローダンはこのひとつ目を挑発してみた。

「あなたが本当に物質の泉の彼岸からきたのなら、〝目〟を修復することだってできるはずだが」

「第一。わたしの素性についてはソルゴル人のカルフェシュが証言している」と、タウレクは答える。「第二。わたしがそもそも、無間隔移動の手助けをしたいと思うかどうかは疑問だ」

「それでも〝目〟の修復はできるのだろう？」

タウレクは笑った。

「きみたちテラナーはなんと技術至上主義なのだ？　きみは例外だと思っていたが、同じか。技術ですべて克服できると思っている。修復だと！〝目〟が機能しないべつの理由があるのではないかと、よく考えてみるべきだ。いずれにしても、だいじにすることだな。まだきみのために重要な任務をはたすこともあろうから」

タウレクは、なにも嗅ぎつけていないのに核心を突くことがある。ローダンはそれでずいぶん頭を悩ませてきた。またあれこれ悩むのがいやで、話題を変える。

「そろそろ作戦計画について話し合うべきだろう」

《シゼル》はすでにプシュート艦三万隻からなるアルマダ部隊のなかに深く入りこみ、クラスト・マグノに接近していた。ときおりアルマダ牽引機が近くを通りすぎる。一度はアルマダ作業工四体のグループが直進してきた。それぞれが中型搭載艇の大きさで、先端に恐ろしげな工具がついた巨大なアームを持っている。

ローダンは思わず息を凝らした。アルマダ作業工が減速し、《シゼル》のほうを向いたように見えたからだ。だが、ロボットは乗り物が見えないかのように、数百メートル近く先を飛び去った。

「なにを大げさに話し合う必要があるのか」なにもなかったようにタウレクはいう。「クラスト・マグノに突撃して《ラナプル》周辺の施設を破壊し、乗員を救出する。単純なことさ」

「野蛮だ！」と、ジェルシゲール・アンが驚いて叫ぶ。「すこしでもクラスト・マグノを破壊するなど、許されない」

「そう思うなら、無条件にわれわれを支援すると約束すべきだ」タウレクは簡潔にいう。

「それは同伴することでじめしただろう」と、シグリド人。

「タウレクのいうことすべてを言葉どおり受けとってはだめだ」なだめるようにローダンがいう。「さて、本題に入ろう。わたしに考えがあるのだが」

そこですこし間をおき、防御バリアの反射スクリーンを眺めた。クラスト・マグノが著しく大きく見える。プシュート艦の監視部隊がまわりに密集していた。《シゼル》は気づかれず、ここを突破できるのだろうか？　ローダンはつづけて、

「アン、きみにはアルマダ炎がある。プシュートの前で、アルマダ中枢の全権代理だといつわってもらいたい。アルマダ中枢は沈黙しつづけているから、それをたしかめることはできまい。われわれのことは、無限アルマダに組みこまれる予定の種族だといえばいい。相手を納得させられれば、捕虜をとりもどすための交渉の基盤ができるだろう。どう思う？」

シグリド人は背中に手を伸ばし、瘤でふくらんだ宇宙服の個所を掻きながら、

「全権代理と名乗るのはいいが、アルマダ中枢を持ちだすのは避けたい」と、答えた。

「倫理観からだけでなく、任務上の問題があるから」

「つまり、クラスト・マグノがアルマダ中枢にコンタクトすることを、恐れつつも期待

しているのか？」と、タウレク。突然、そのからだがこわばり、操縦ピラミッドのレバーから手がはずれた。その上にタウレクはもういっぽうの手を置いてかたく握ると、ため息をつき、おさえた声で、「正念場(しょうねんば)がきた。監視部隊に発見される危険はないが、クラスト・マグノは三つの保安ゾーンにかこまれている。そこで未知物体は、まずはねのけられ、次に捕獲され、それでもだめなら破壊される。わたしはこのゾーンに対抗するべく、可変エネルギー・フィールドの構築に専念せねばならない」

その声はしだいにちいさくなり、やがてつぶやきとなる。ローダンはタウレクのじゃまをしないように沈黙し、頭上の反射スクリーンを観察した。

《シゼル》は監視艦二隻のあいだのせまい空間を飛行していた。クラスト・マグノが大きくスクリーン上にあらわれる。ローダンは、《ラナプル》が囚われている開口部を見つけようと、構造物の表面をくまなく探した。

ようやく見つけたと思ったとき、驚きのあまり息をのんだ。エンジン・ノズルのついた楔型船の船尾が、開口部からはみだして見える。必要な推進力をもたらすグーン・ブロックがとりつけられていた。その向こうには、船の外被がさまざまなかたちのプレートに切りとられて……徹底的に解体され、ならべられていた。

「こんなことになるとは！」ほかにも船の構成部品がならんでいるのを見て、ローダンは思わず声を発した。「《ラナプル》が解体されてしまった！」

自分の目を信じたくなく、目前の光景が意味することもわからなかった。さまざまな船体部分が誘導ビームによって一列になっている。外被を切りとったプレートのあいだには、制御機器や機械装置がまるごと浮遊している。そのほかにも、グラヴィトラフ貯蔵庫、ハイパー空間からエネルギーを得るためのハイパートロン注入システム、成型シートがついたままの司令室の床板、居室キャビン、船載兵器、備蓄食糧の容器など……

ローダンは目眩がした。自分が見ているのは《ラナプル》そのものだ……ただし、個々の部品に分解され、一キロメートルもの長さにつらなった状態の。そのあいだには、部品を順序よくならべ、グーン・ブロックで加速させているアルマダ作業工の姿が見える。見るかぎり、コグ船は熟練の技巧で構成部品に解体されていた。とはいえ、アルマダ作業工の名人芸などに感心するより、むろん憤怒の念のほうがずっと強いが。

「なぜこのようなことをしたのだ？」ローダンは自問する。

「答えはひとつしかない」と、ジェルシゲール・アン。「宇宙船のパーツを近くのエネルギー圃場に持っていき、エネルギーに変えるのだ。これもアルマダ作業工の任務だから」

ローダンはこぶしを握って怒りをこらえ、

「当然、これで状況は変わった。乗員の救助もむずかしくなるだろう。もう時間もない。すばやい行動をとる必要がある。計画を変更しなければいけない。注意深く策略を練るとか、長期にわたる交渉などはできない」

「これでよし」タウレクがほっとしていう。衣服についているプレートのこすれる音で、またリラックスしていることがわかった。「いちばん内側の保安ゾーンも突破したから、もうクラスト・マグノへの侵入を阻止するものはなにもない」黄色い猛獣の目が、ローダンが反射スクリーン上で指さしたもののほうへ向いた。その視線は、解体された《ラナプル》のパーツの隊列が消えていくようすを追っていく。

タウレクはうなずいて、

「ぜんぶ聞こえていた。作戦を変更しなければならないな。着陸後、別行動をとるというのはどうだ。それぞれが自分で目標をめざすということだ。できるかぎり通信連絡をたもち、話し合おう」

ローダンは計画に同意した。

《シゼル》はちいさめのクレーターのような開口部近くに着陸。施錠はされていない。その奥を見ると、曲がりくねって不規則にせまくなるトンネルがクラスト・マグノの内部へつづいている。

「わたしはこの道を行く」と、ローダン。「アン、きみは当然どこかのエアロックから公式に立ち入りを許可されるだろう。タウレクはなんとでもなるな」

「まかせろ」ひとつ目は笑い、多種多様なケース、容器、袋などのついたベルトをつかむと、一種の個体バリアを張った。「幸運を、テラナー」と、トンネルに姿を消したローダンに呼びかける。

タウレクはトランスレーターを持つと、ジェルシゲール・アンがドーム状隆起のほうへ去っていくのを見定めてから、反対方向に向かった。厚い半透明の合成物質におおわれた床面を調べ、生命の兆候はないと判断。おそらく、はるか昔に死にたえたのだろう。ひとつ目は自分の目的に合った場所に到達するまでゆっくり進んだ。そこでベルトに装着した小箱のスイッチを入れると、それをかたい床の上に滑らせた。空気を調べているのだ。

＊

この作戦は完全にタウレクの好みだった。

ひとりですべてに立ち向かう。

思いだせるかぎり、いつもそうだった。かれはいわゆる一匹狼で、無鉄砲な冒険家である。それがコスモクラートには気にいらなかったらしく、そのせいで何度も地獄に送られたのだ。

恐ろしいほどの苦しみを味わわされたものだ。しかし、それを罰というよりも鍛錬だと考えた。コスモクラートがなにを意図したにせよ、かれは地獄の使命からもどるたびに強勒になり、より抵抗力をつけた。コスモクラートが今回の命令を持ってあらわれたとき、ある程度の条件を提示できるほどだった。

コスモクラートはそれを受け入れる以外になかった。タウレクがいくらか欠点もあるヒューマノイド、つまり人間のからだを選んだのは、偶然ではないのだ。

この肉体を選んだおもな理由は、任地のフロストルービンでヒューマノイド生物が多く活動しているからではない。コスモクラートにはそう主張して受け入れられたのだったが、実際には個人的な理由だった。コスモクラートの心配の種でもある、あの深淵の騎士と同じような姿になりたかったのだ。つまり、ペリー・ローダンと。

ふたりは似たような性格である。だから、状況や力関係から生じた当初の敵対心も、すぐに友情に変わった。

ローダンは一宇宙船団をひきいる能力を持ち、巨視的にものごとを考える。だが、その能力は、個々の出動にみずから参加したときにこそ発揮される。しかし、人の上に立つ男は、かんたんにそういうことができない。タウレクはそれを知っているから、いつもローダンを挑発するのだ。この理由から、最初の出会いのあと、ローダンをフロストルービンへ連れていった。今回の作戦も同様である。

「《バジス》司令室から見ていただけの無限アルマダとは、なんだったのか」と、ローダンが通信装置で聞いていることを意識しながら、口に出した。「そのなかに入ってはじめて、鼓動を感じることができる。クラスト・マグノのなかで、なにか感じたか？」

「まだだが、いいたいことはわかる」ローダンの答えが返ってくる。「とはいえ、哲学的な対話はまたあとにしよう」

タウレクは笑ったが、通信はもう切れていた。

厚さ三十メートルはあるクラストの最外殻は、すべて骨質でできている。そこを浮遊して抜けると、空気のない丸天井空間にたどりついた。

光源はまったくなかったが、装備のおかげでかんたんに方向を見定めることができる。個体バリアの構造を転換すると……次の瞬間、周囲が日中のように明るくなった。

丸天井空間のなかは殺風景で、肋骨状のアーチに支えられている。なめらかで透明な合成樹脂層の下の壁は、多孔質でもろそうだ。保護用の合成樹脂層がなければ、クラスト・マグノのこの部分は遠い昔に崩れて粉塵となっていただろう。タウレクはそう推測し、サンプル検査によってそれを確認した。だが、クラスト・マグノのほかの部分も同じという結論は出したくない。

丸天井空間のなかを歩きまわり、身をかがめて通り抜けなければならないほど低い隘路に出た。その奥には人間の身長くらいの洞窟がある。タウレクはこれを〝虫垂〟と名づけた。この虫垂は小道の上にあり、三十メートルほど蛇行している。合成樹脂層には不規則な間隔で、監視窓のような丸い穴があいていた。だが、その向こうにはだれもいない。

ようやくひとつのハッチにたどりつく。開閉メカニズムを調べると、エアロックであることが判明。注意深く操作してハッチを開けた。まちがって警報装置を鳴らしたくない。

外側ハッチを開いて閉めたあと、エアロック内に空気が満たされるのを待つ。笑みを浮かべつつ、袋から〝兵舎〟をとりだした。たんなる予防処置ではない。すでに発見されたという警告を感知したのだ。それ相応の出迎えの準備をしておきたい。

てのひらに立方体を置き、高くかざす。思考命令にしたがって、窓に似たちいさな隙間から、おや指大のロボット兵士が十二体、飛びだしてきた。一ダースのちいさなシリンダーは内側ハッチのほうに飛び散って、異なる個所にそれぞれ付着した。

と同時に、おや指ロボットは成長をはじめる。それにつれてハッチが溶解し、跡形もなくなった。

ロボット兵士はハッチの物質をぜんぶ吸収し、さらに周辺のエネルギーもとりこんで成長していく。エアロックの周辺施設でショートが起こり、配線が溶け、制御盤は爆発した。

タウレクはロボットを一メートル半の大きさにプログラミング。それぞれのシリンダー形ボディに、ターレットをふたつ持つ武器システムを装備する。全員を自分の前面にならべ、たがいに射程に入らぬような隊列にして防御壁をつくった。

　真正面に、ロボット兵士と同じ大きさのアルマダ作業工四体があらわれた。タウレクの〝歓迎委員会〟ということ。アルマダ作業工は新しい事態に対処するひまもなく、武器からの攻撃を受け、粉砕される。残留エネルギーはロボット兵士十二体が吸収した。

「顔見せとしてはこれで充分だな」と、タウレク。「だが、やたらに銃を撃ちたがる蛮人だと決めつけられるのは心外だ。これから起こる問題にさいしては、できるだけ武力を使わずに解決してみよう」

　その言葉が同時にロボット兵士への思考命令となる。十二体は散開し、それぞれ側廊へ進んだ。タウレクとはつねにコンタクトをたもち、映像中継で最新情報を送ってくる。ロボットたちがいれば、どんな危険からも完全に遮断されるので、タウレクのほうはおちついてさまざまな調査を実施することができた。

　その後も数回、アルマダ作業工との小競り合いがあった。だが、タウレクのロボットは相手を完全に破壊するのでなく、たんに作動不能にする。

　タウレクのいるクラスト・マグノの部分は完全に整備されていた。ここを持ち場として駐留するアルマディストがいるようだ。同時に、一指揮所のようでもある……あるいは、ここが司令本部かもしれない。

　タウレクはアルマディスト一名を捕まえて尋問しようと決めた。だが、その前に周囲をもっと見てまわることにする。通廊はぜんぶトンネル状で、直径は三メートルから七メートル。途中にある空洞も同じくトンネル状で、技術機器が装備してある。湾曲した壁にそって、いくつもモニターが設置されているが、すべて作動していない。そのひとつを調べ、非常にかんたんな原理で動くと判明。スイッチを入れてみた。

モニターはクラストのようすを眺められる窓のようなものにすぎなかった。しかし、これは同時に透視撮影装置でもあり、顕微鏡でもある。

何度かためしたあげく、タウレクはすぐに興味をなくした。発見したことはまったく驚くべきものではなく、新しい知識も得られなかったのだ。

かさぶたに似たこのクラスト状構造物は、もともと生物であったが、はるか昔に死に絶えて石化したらしい。おそらくクラスト・マグノは、そのなかで唯一、異常増殖して巨大化したものだろう。いずれにしても、この部分は化石でしかない。

石化した組織を再生しようというアルマディストの努力は涙ぐましいものがあった。クラストに配線ネットを引きこんであり、電流を通してさまざまな刺激を付与することができる。酸素供給とリズミカルな脈動をになうポンプシステムや、人工循環システム、代謝システムまで用意されていた。

だが、装置はすべて〝待機中〟になっている……クラスト・マグノがいつか生き返ったときのために。それともすでに不要となり、作動停止されたのだろうか。

タウレクはわき道にそれるだけの思考をやめて、ロボット十二体が送信してくる映像に集中することにした。それは個体バリアの内側にうつしだされている。

ほどなく、探していたものが見つかった。アルマディストだ。見たところ、直径一メートル半ほどのグリーンの毛皮玉で、奇妙なちいさい荷車を綱で引いている。

タウレクはこのアルマディストを捕まえて隔離するよう、ロボット兵士に命令した。それから、もう一度ペリー・ローダンに通信をつなぐ。

「プシュート一名を拘束した」と、報告。「わたしが尋問するのを聞くかね？」

「いや」ローダンは無愛想にいう。「まずは《ラナプル》の乗員を見つけたい」

「見つかったら、連絡しろ」と、タウレク。「いつでもきみの位置は探知できるから、すぐ応援に行く」

「わかった。では」

ローダンのぶっきらぼうな口調は、通信装置を通しても聞き逃すことのできないものだった。

「いったいどうしたのだろう？」タウレクはいぶかしく思った。

7

ローダンは《ラナプル》の残骸を探しだせなかった。ポジトロニクスの微小パーツ、機器類の破片、壁の化粧板、廃棄物さえも。アルマダ作業工は徹底した仕事をしたようだ。なにかのこったとしても、プシュートが……クラスト・マグノにいるアルマディストを、ジェルシゲール・アンはそう呼んでいた……完全に処分してしまったのだろう。

むろん、乗員五十人の行方をしめすものはなにもない。運を天にまかせて、クラスト・マグノの中心部へ、曲がりくねったトンネルをさらに進んでいくだけだ。

すぐに、プシュートとのはじめての出会いがあった。まだ真空ゾーンにいたときで、出会いというよりも、こちらが一方的に見かけただけのことだ。つまり、相手に気づかれずにアルマディストを観察したのだ。

トンネルが湾曲してひろくなった地点にきたとき、突如、遠くない場所に球形の乗り物があらわれたのである。直径五メートルで、上半球は透明だ。そこに毛皮生物が一名いて、降りようとしていた。

乗り物の外被を滑りおりた生物は、それと同じような球状で、オレンジ色のエネルギー・バリアにおおわれ、上位次元の工具袋のようなものを持っていた。だがやがて、袋ではなくちいさい荷車であることが判明。まるい毛皮生物はそれを引っ張り、何度か乗り物のまわりを早足で動いた。そのさい、八本指のある細い腕二本と、想像をこえたプシュートの速度を支える骨ばった脚二本が見えた。

ようやくアルマディストは乗用球の場所に立ちどまると、荷車からなにか道具を……動きがあまりに速いので、ローダンは目で追うことができない……とりだし、それで乗り物の外被をたたきはじめた。それからまた道具をしまい、降りたときと同様、滑りながら乗り物によじのぼり、操縦席にすわってコクピットを閉めた。オレンジ色の防御バリアが消滅。乗用球の下半分が縦軸を中心にして独楽のように回転し……無謀なほどの猛スピードで走り去った。

ローダンはのちに、そのような独楽状の乗り物に頻繁に出会ったため、主トンネルを出なければならなかった。分岐に入り、人けのない脇道を行く。

進むにつれて、かつて有機生命体だったものが石化したなかにいるのだという感覚は、ますます強くなっていった。幻想的な器官を思い起こさせるような構成は、なにかまったく未知の生物のものであるにちがいない。

筋肉のような巨大な繊維束、軟骨や骨を連想させる構造物も発見。生体組織のような壁には、さまざまな色の筋がはしっている。それは鉱脈というより、毛細血管を思いださせる。

その上には、いたるところに氷のような水色の合成樹脂層がひろがっていた。この保護層が古くなっている個所はかなり風化しているが、べつの個所はつい最近、塗られたような印象を受ける。プシュートがクラスト・マグノを整備し維持する努力をしていることがよくわかった。

しかし、なぜそれほどの努力を？　見るかぎり、組織が生きている兆候はない。それでもローダンは、クラスト・マグノ全体が同じであろうという推論はしなかった。

見つからないよう気をつけながら、ゆっくりとしか進めなかったが、しばらくして一ハッチにたどりついた。すこし観察していると、ついにハッチが開いて、なかから小型アルマダ作業工の部隊が出てきた。その構造から、整備ロボットと思われる。つづいて、独楽状の乗り物がふたつ。それぞれプシュートが六名ほど乗っている。

ローダンはかれらがいなくなるのを待ち、このエアロックの外側ハッチにとりかかった。メカニズムを調べると、開けるのはかんたんだった。エアロック室に空気が充満すると、内側ハッチが開いた。

トンネルに入った。真空ゾーンのトンネルとほとんどかわらない。ただここには、一定の間隔をおいて技術機器が装備されている。

ローダンがそのひとつを調べようとすると、けたたましいサイレンが鳴りだした。警報だと直感し、すぐに逃げ道を探す。

側廊を見つけたが、アルマダ作業工の一団が向かってきた。ロボットはただちに攻撃してくる。ビーム兵器の一種だが、ローダンの防御バリアは問題なく遮断した。クラスト・マグノを傷つけないため、アルマダ作業工は重火器を使用しないようだ。

ローダンはべつの方向に逃げようとする。そこで独楽状乗り物と鉢合わせしたので、その下極部分を狙って撃った。命中したとたん、独楽は泣くような音を出してふらつきながら近くを通りすぎ、追跡をはじめていたアルマダ作業工にぶつかった。

ローダンは左方に横坑(よこあな)の入口を見つけた。胸ほどの高さにある。入口の縁につかまってよじのぼり、なかに入りこんだ。横坑の天井はかなり低く、四つん這いで行かなければならず、進むのに苦労する。だが、そのせまさはいっぽうでは、大きいアルマダ作業工が追跡できないという保証でもあった。

分かれ道に入り、右を選ぶ。次の分岐点でまた右に曲がる。追っ手をかわせるよう、その後は何度も進行方向を変えた。ついに横坑のはしにたどりつき、もっと大きなトンネルのなかに入りこんだ。そこもまた、わずかな技術機器があるだけで、ほかは自然のままである。

左に曲がると、ローダンは目を見張った。トンネルの出口にカーテンのようなものがかかり、それが襞(ひだ)をなして、しきりに微風になびいている。その左右に、同じ種族らしき小生物が立っていた。六肢を持ち、そのうち四本は脚で、腕二本で壁によりかかっている。頭部はヘルメットにかくれ、そこからケーブルやチューブなどの配線がカーテンのほうに伸びていた。胴体のまんなかには幅広のベルトが巻きつけてあり、それもケーブルやチューブを通して近くの壁とつながっている。

さらに、これらの生物にはアルマダ炎がなかった。

ローダンはその姿に戦慄をおぼえた。理由はわからない。だが、非アルマディストがおのれの意志に反して非人道的な目的のために利用されているのではないかという思いが、頭にこびりついてはなれなかった。

好奇心から、近よってみる。二名は気づかないようである。だがともかく、かれらは自分たちの感覚器官をこの残酷な機器につながれているのだ。

近づくにつれ、カーテンはひどく揺れ動くようになる。ローダンが近づくほどに、その動きは変化していった。やがて中央部分が波打ちはじめ、それがはしのほうにひろがって、だんだんとはげしくなっていくように見える。

これは陶酔の境地をあらわしているのか？

またアルマダ作業工があらわれたので、考えが中断された。こんどは武器を使用せず、ローダンを捕獲しようと、作業アームをひろげて近づいてくる。

ローダンは一名の生物のほうに行き、手を触れてみた。ヘルメットから解放できるメカニズムを探そうと思ったのだ。しかし、触っただけで生物は驚き、身をすくませると、四本脚を曲げて力をため、ローダンに向かって思いきり打ちかかってきた。あまりに突然の衝撃で、防御できない。ローダンははげしく揺れるカーテンの後方に投げ飛ばされた。背中に感じたしなやかなものが、かれの重みで伸びてしまう。

突然、なにかがはじけるような音がした。カーテンが裂けたのだ。ローダンはかたい床に落下した。見あげると、カーテンのはしの部分に亀裂が入り、痙攣するように震えている。だが、一分もたたないうちに裂けた部分が接合し、再生した。

わかったのは、このカーテンが実際に生体組織だということだけだ。クラスト・マグノの一部なのか？　つまり、全組織が壊死したわけではなかったのだ！

アルマダ作業工が追ってくるかどうか、ローダンはしばらく待っていた。なにも起こらなかったので、あらためて周囲を見まわす。

この丸天井空間の第一印象は、巨大で幻想的な寺院というものだった。比類なき礼拝堂のようだ。なかは非常にひろく、はしまで見わたすことはできない。奇妙なものがぶあつく付着した複数の柱に、視線がさえぎられるからだ。その柱は、中央がくっついた石筍すなわち鍾乳石のように見える。天井からはさらに多くの鍾乳石のような構造物がさがっていた。成長した組織が突起になったものかもしれない。

柱のあいだにはいたるところに薄膜が張っている。床はたいらでもなめらかでもなく、ところどころ瘤のように隆起している。クレーターのような深い穴、亀裂の入った深み、軟骨のような塊りなどもあった。

寺院、あるいは礼拝堂……もちろんそれもありうるが、巨大有機生物のどこかの組織が成長したものではないのか？　それとも、人工培養したものか？

ローダンは身震いした。すぐにここから去りたい。軽宇宙服の反重力装置を使用し、不気味な寺院のような丸天井空間を早く通りすぎようとする。

未知の生命体が恐ろしかったのではない。プシュートがあのような邪神を育成し崇拝していることに嫌悪感を持ったのだ。

ようやく丸天井空間のはしに到達。こんどもまた、生きて脈打つ組織でできたカーテンに似たものの前にきた。ちょうど、通り抜けてきたものと同じだ。

この障害物を力ずくで突き抜けるのは躊躇する。生きているものを破壊するのも、傷を負わすのも、痛い思いをさせるのもいやだった。だが、いずれにせよ、自分のネガティヴな感覚は偏見によるもので、もしかしたら、すべてはまったく思いこみと異なるかもしれない。

鍾乳石から形成されたような壁にべつの出口がないかと、くまなく探す。規則的間隔をおいてくりかえし聞こえてくる、ため息にも似た雑音をたどっていった。

その音源を見つけたとき、ローダンは空気の流れのなかにいた。小刻みに動きながら開き、またゆっくり閉まる肉質のふくらみが見える。呼吸器官なのか？

立ちすくんだまま、開口部が最大のときに反対側へ跳ぶべきか思案していると、タウレクから通信がきた。余裕なく、そっけない応対になる。タウレクが気を悪くしたかもしれないが、しかたない。自分はプシュートの尋問などまったく興味ないのだから。

ローダンは次の開放を待つ。そのとき、ヴェールの向こうにヴィジョンが見えた。あまりに突然で、非現実的な瞬間だったので、ほとんど幻想だと思った。

ちょうど、どのようにして《ラナプル》の乗員の手がかりを探せばいいのか考えていたところ、開口部の向こう側に乗員のひとりが見えたのだ。

宇宙ハンザのコンビネーションを着用した人間だった。胸の大きさから、女だ。それ以外は、ケーブルやチューブの接続口があるヘルメットをかぶっていたのでなにもわからない。腹部にはやはりベルトのような装備をつけていた。

そばにプシュートが二名いる。明らかに、女を機器に接続しようとしているのだ。

ローダンは生命体がため息とともに口を閉じるのを傍観するしかなかった。ふたたび小刻みに震えながら開くまで、じりじりしながら待つ。

ようやく開いたとき、パラライザーを携えて躊躇なく跳び抜け、プシュートに扇状放射を見舞った。すぐに麻痺ビームが作用し、二名は痙攣してわきに転がる。ローダンは女のほうに向かい、両腕で彼女を高く持ちあげると、次の開放時に反対側に跳びもどった。

女はなにが起こったのか気がついたようすもない。ローダンの腕のなかで身動きしなかった。だが、胸が上下に動き、弱い呼吸をしている。明らかに人工的手段で意識不明状態にされているのだ。

ローダンはヘルメットを入念に調べると、開閉メカニズムを発見。それをはずした。顔面はけいれんしている、唇を曲げて、額には怒りをあらわすしわが刻まれた。そして、ゆっくり目を開ける。

「なにがあったの?」と、弱い声で訊く。ペリー・ローダンはほっとしてほほえみ、精神はやられていないようだ。

「こっちもそれを訊きたい」と、応じた。

＊

「わたしはジェルシゲール・アン、種族名はシグリド人。中央後部領域・側部三四セクターのアルマダ第一七六部隊司令官だ」

とはいえ……〝黒の成就〟にかけて……その部隊はいったいどこにいるのか?

アンは透明な丸屋根を見つけ、その上を外側からあちこち歩いていたのだった。内側で作業するプシュートが驚くのをおもしろがりながら。

クラスト・マグノの管理者種族を見たのははじめてだった。名前だけは聞いたことがあり、三万三千隻の宇宙船からなるアルマダ第七三八一部隊だと知ってはいたが。アンはペリー・ローダンに、プシュートはクラスト・マグノを守るためなら命がけで戦うといった。だが、この種族だけがそうなのではない。クラストを守る者たちはだれでも、この崇拝物を放棄するよりは死ぬほうを選ぶだろう。

ただ、それ以外のことはすべて言い伝えだった。アンは実際のところ、クラスト・マグノやほかのクラストについて、信頼のおける知識は持っていない。テラナーの前でそうふるまったのは、自分の目的のためだ。この場所にきたくて関心を引こうとした。抜け目ないテラナーがあれほどかんたんにだまされるとは。とはいえ、ペリー・ローダンにはアンと同じような性質があるのもたしかだ。好奇心がきわめて強い。

こうして、アンの狙いは達成された。

装甲ガラスを通して丸屋根の内側をのぞきこんだとき、生涯ではじめてプシュートを見たのだった。毛皮玉のように見え、細い骨ばった脚で、脇目も振らずに熱心かつ敏捷に動いていた。そのあと、グリーンの毛皮のあいだに光る視覚器官で、アンのことを幽霊でも見るように見つめた。

アンに気づいたかれらはさらにあわてて、分別を失ったように走りまわった。

しばらくするとアルマダ作業工が二体あらわれ、アンをエアロックに連行した。そこを抜けたあと、司令ステーションへと連れていかれることになる。天井の外からプシュートの行動をのぞいて楽しんでいた場所だ。

プシュートとは、なんておちつきのない生物なのだろう！

アルマダ作業工の要求どおり、アンは自分の名と所属を伝えた。するとロボットは、指揮官のところに連れていくという。そのためにきたのだから、アンに異論はなかった。

ほとんどなにもない部屋に連れていかれた。壁はかさぶたのような材質で、部屋の中央には太い柱が一本、床に埋めこまれている。そのうしろにプシュートが一名いた。

「それはだれだ？」プシュートはがらがら声でたずねる。そのせいで、アルマダ共通語は聞きとりにくい。

この変わった表現が身元確認の質問であるとわかるまでに、いくらか時間がかかった。アンはふたたび名前、種族、所属部隊を名乗った。

「現在はテゲン・メトがクレンド・ハールの職務を引き継ぎ、クラスト・マグノの指揮をとっている」と、プシュート。「テゲン・メトはほかのアルマダ部隊の代表に会ったので驚いている。ジェルシー＝ゲール・アンはなんの用でここにきたのか？　ジェルシー＝ゲール・アンはどうやってクラスト・マグノに到達したのか？」

「ジェルシゲール・アンだ」と、シグリド人は強調。「わたしは……」

「そのエゴイスティックな表現法をやめることはできるか？」テゲン・メトが要求する。

「そのような話し方をされると、プシュートの心は痛む」

アンはプシュートの意味したことがすぐ理解できた。どうやら、クラスト・マグノの管理者種族にとり、〝わたし〟とか〝あなた〟とかいう人称代名詞は禁句らしい。エゴイスティックな表現として、社会的に忌み嫌われるようだ。アンはこの種族の特異性を受け入れ、その慣習にしたがうことにする。

もうすこしで自分の部隊の運命を話すところだったが、なんの役にもたたないことにすぐ気がついた。自分にとっても、《バジス》で孤立を強いられた生活をしているシグリド人二千五百名にとっても。

「ジェルシゲール・アンは全権代理だ」と、いってみる。こういう愛想のない表現をすれば、意味はどうとでもとれるだろう。「アンの全権は広範囲におよぶ。非アルマディストの要請を受けて救助に向かうことも、気づかれずにクラスト・マグノに到来することも可能である」

テゲン・メトは感心しているようだ。

「で、ジェルシゲール・アンの到来の理由は？」

「クラスト・マグノはアルマディストにとって重要なもの。訪れる価値がある」アンは質問をかわした。「第二の理由は、ある非アルマディスト種族が宇宙船を拿捕され、クラスト・マグノに拘留されていることだ。プシュートはその宇宙船を知っているはず。警告なしに攻撃したな」

「それはクレンド・ハールが指揮官だったときのこと」と、メト。「だが、テゲン・メトでも同様に対処しただろう。プシュート以外すべての種族は、クラスト・マグノに近づいてはならない。たとえ、それがアルマディストでも」

「ジェルシゲール・アンとシグリド人種族には特別全権がある」と、アンはいい、どのような種類の全権なのかはいわずにいようと思った。できれば大きな嘘はつきたくない。かれにとり、囚われたテラナーを解放することは重要でなかった。なるようになるだろう。クラスト・マグノがどのような意味を持つのか、アルマダ中枢と連絡をとっているのか、それを探りだしたい。

ところが、テゲン・メトはアンの大まかな答えに満足しなかった。アンは最終的には、しかたなく弁明するしかなかった。むろん、真実すべてを明るみに出すことはせずに。自分は査察官であり、〝高位存在の命〟によりクラスト・マグノを視察しにきたのだ、と、説明した。任務を持つ非アルマディストを監禁することは、自分の地位に逆らうものとみなす、とも。

「この非アルマディストだが、アルマダ炎を獲得する寸前だったのだ」と、強調する。

「ジェルシゲール・アンの任務は、この種族を無限アルマダに統合すること」

そういう命令が本当にあったのだから、まったくの嘘ではない。たとえ、命令を受けたのがべつの者……テラナーの最初で唯一のアルマダ炎保持者、エリック・ウェイデンバーンだったとしても。

突然、テゲン・メトは円を描いて走りまわりはじめ、うがいやおくびのような一連の音を発した。アンには意味がわからない。

「なぜテゲン・メトは突然、あわてだしたのか」アンは抗議するように、背中の瘤をわざと触る。「見ていると、リウマチが痛む」

「ジェルシゲール・アンは、なにを要求しているのかわかっていない！」と、メトは必死に叫ぶ。「プシュートは非アルマディストなしではやっていけない。操作員が不足しているのだ。プシュートが知るかぎり、クラスト・マグノの操作員数は最少となっている。テゲン・メトについてきてくれ。クラスト・マグノの状況がわかるから」

まさに目的としていたことであるから、アンはすぐに同意した。

テゲン・メトはいくつかの曲がりくねった通廊を抜けて、〝昏睡ゾーン〟と呼ばれるクラスト・マグノの一セクターにアンを連れてきた。

それについて、次のような説明をする。プシュートはクラスト・マグノのさらなる部分を〝氷化〟させる……つまり、クラストに合成樹脂を吹きつけて保護層をつくる……ことにより、昏睡ゾーンに改造しなければならないというのだ。その理由はふたつ。

第一。休養睡眠を必要とするプシュートのための宿舎を確保しなければならない。この〝睡眠候補者〟は、睡眠段階に入る時期がきたプシュートだ。つまり、潜在的睡眠者ということ。睡眠候補者たちはつねに巡視船でクラスト・マグノに連れてこられ、睡眠ブイ〝カグール〟に乗り換えるのを待っているという。

ところが、そのカグールが消息を絶った。このあいだに、昏睡ゾーンの待機ホールはすでに十万名の潜在的睡眠者であふれてしまった。

第二。操作員が不足している。クラスト・マグノの生命維持システムを制御する役割の非アルマディストだ。操作員が欠員になっても交代要員がいないため、クラスト・マグノの全域で目のとどかない状態がつづいている。そこで、とりあえず氷化によって昏睡ゾーンに改造し、一時しのぎをしようというのだ。

昏睡ゾーンに案内されると、アンの前に悲惨な光景があらわれた。せまい空間にひしめく何千名ものプシュートに同情せずにいられない。

みなまともに眠ることができず、覚醒と睡眠のあいだで完全に無気力状態におかれていた。アルマダ作業工があちこちせわしく動き、注射で人工的にかれらを朦朧とさせている。

「プシュートはできるかぎりのことをしているのだが」と、テゲン・メトは説明をくわえる。「睡眠候補者が走りだすことがたびたびあって……」

ジェルシゲール・アンは、動かない毛皮玉の一群のなかに突如、動きが起こるようすを見た。たった一名のプシュートが無気力状態から目ざめ、運動欲求を発散させると、その性急さが他者にも伝わり、同じように突然、動きはじめたのだ。

過活動発作に憔悴しているプシュートたちを、アルマダ作業工がしずめようとする。パニックはまだひどくなっていないので、ふたたびおちついた。そのとき、プシュート一名が封鎖線を突破して、ジェルシゲール・アンとテゲン・メトのもとに走ってくる。猛スピードで毛皮生物が接近してきたため、アンは思わず武器を手にしたが、テゲン・メトになだめられた。

「ジェルシゲール・アンはおちつくように。これはクレンド・ハールだ」

クレンド・ハールはそばにくると、吻のような二重器官を出して、テゲン・メトにいった。

「テゲン・メトはその職務を解かれた。再度クレンド・ハールが指揮をとる。この見知らぬアルマディストはだれだ？」

テゲン・メトは前指揮官であり新指揮官であるプシュートに説明して、しりぞく。そこで突然、クレンド・ハールは動かなくなった。だが、無気力というのではない。そのまま立ちすくんでいると、アルマダ作業工が急いでやってきて、作業アームから注射針を出し、ハールの背中に押しこんだ。

「クレンド・ハールにとり、人工栄養を摂取させられるのは屈辱的なことだ……それも、他者の目の前で」と、クラスト・マグノの指揮官。

アンはそっと目をそらした。しばらくして、クレンド・ハールがまた話しはじめる。

「ジェルシゲール・アンは非アルマディストたちの状態を見たほうがいい。そのあとで、かれらをプシュートから奪うか、それともほかの操作員を調達するか、みずから決めてもらいたい」

ハールは小走りで動きはじめ、アンはみじかい脚でついていくのに苦労した。

やってきた場所は、クレンド・ハールによればクラスト・マグノの生命核だという。たしかに、壁も、歩いている床も、かさぶた状になっていない。アンは八本指の足を通してリズミカルな鼓動を感じた。壁の生体組織も同じリズムで脈打っている。リング状あるいは腎臓形の隆起のあいだには敏感な粘膜が張りめぐらされ、それを緻密な神経構造がかこんでいる。

ここにあるすべてが生きていた。異質なのは、巨大な生命体につながれたさまざまな技術機器だけ。だが、これは生命に不可欠なのだ。操作員と同様に。

プシュートが厳格に守らなければならない昔からの規則がある。非アルマディストだけが操作員として任務できる、というものだ。だが、なぜそうなのかも、アルマダ炎のせいでアルマディストがふさわしくないのかどうかも、クレンド・ハールは明かさない。

操作員はさまざまな種族から構成されていた。ほとんどは、無限アルマダが通りかかった惑星の住民だ。プシュートは操作員の補充だけに使われる独自の宇宙船部隊を持つのだが、トリイクル9を通過後、居住惑星のまったくないこの銀河に到達して以来、人員不足状態になっていた。操作員は五十人ほど調達できただけ。

コグ船《ラナプル》の乗員のことだ！

そのテラナーたちがアンの前にあらわれた。すでに操作ヘルメットをかぶり、胴体にはリズムを刻むベルトを装着している。なんともみじめな姿に見える。

しかし、その任務範囲をクレンド・ハールが説明すると、アンはもう同情を感じることはなかった。操作員はみじめな状況におかれるわけではないという。かれらはクラスト・マグノの制御を許可され、その生命維持装置を監視するだけ。奴隷にされたり屈従させられたりするわけでもないし、生命エネルギーを奪われることもない。比類なき訓練を受け、高度な特殊分野を持つ専門家となるのだ。プシュートはかれらに無理を強いないよう、きびしく注意している。一定の期間が過ぎると交代し、また自由の身となる。心身に損傷を受けることもない。それどころか、まったく逆で、からだは抵抗力が増し、より高い知性の持ち主となる。

それにくわえ、クラスト・マグノの存続に寄与したことを誇れるようにもなろう。アルマディストとしては、アンはプシュートのやり方を賞讃するほかなかった。だがテラナーの客人としては、《ラナプル》乗員の解放に尽力する義務がある。だれひとりクラスト・マグノの生け贄にするつもりがないとローダンが考えていることは、承知していた。

それがジレンマだった。

しかし、新しい操作員がまだ任務準備を完了していないことをクレンド・ハールから知らされ、アンは決断を先延ばしにする。

それでも、テラナーのためになにかひとつは役だちたい。

「ジェルシゲール・アンは全権により、救助船《バジス》がクラスト・マグノの視界内に接近する許可をもとめる！」と、要求した。

クレンド・ハールは巨大宇宙船をクラスト・マグノから遠ざけるため、あらゆる提案をしてみた。しかし、アンが断固として動じないので、ついにはあきらめた。

うまくいって気をよくしたアンは、次の要求をかかげる。

「ジェルシゲール・アンはクラスト・マグノとコンタクトしたい！」

「それが可能なのは操作員だけだ。アルマディストは操作員の役目をになうことはできない」

アンはこじつけだと思い、つづける。

「そのようなことはよくわかっている。操作員の役割につこうとは思っていない。ただ、プシュートと同じ機会を利用したいだけだ。ジェルシゲール・アンがクラスト・マグノを通してアルマダ中枢と連絡をとりたいと要求するのは、シグリド人部隊の座標を知るためのちいさな試みにすぎない」

そういいおわったとたん、クレンド・ハールはふたたび病的な運動欲求発作に襲われた。自制を失い、見さかいなく躍起になって走りまわり、アルマダ作業工にようやくとめられる。さいわい、すぐにおちついたので、昏睡ゾーンに搬送される必要はない。

「ジェルシゲール・アンはクラスト・マグノの意味を誤解している」と、クレンド・ハールは説明。「クラスト・マグノが神託を告げることはない。もしそうであれば、プシュートが必死にカグールを探す必要などなくなるだろう」

「しかし、クラストがアルマダ中枢とオルドバンに密接に関わっていることは、アルマディストであればだれでも知っている」と、ジェルシゲール・アン。

「クラスト・マグノこそオルドバンなのだ！」クレンド・ハールは叫び、この聖なるものに関わるすべてを説明した。シグリド人がそれとなく伝説で知っていたことを。

だからといって、アンの知識が増えたわけではない。新しく知ったことがらも、自分の問題解決にはまったく役だたないので、落胆した。それでも、ハールの最後の言葉にだけは聞き耳をたてた。

「年代記の記録官ならもっと語ることができるだろう。だが、沈黙したままなのだ」

アンは思案した。ローダンかタウレクなら、その記録官に発言させることができるだろうか。ふたりと交信しなければならない。シグリド人はこう告げた。

「ジェルシゲール・アンの要求を遂行せよ。《バジス》に通信を送り、クラスト・マグノの視界内への接近許可をあたえるのだ。乗員はアルマダ共通語を理解できる」

8

訓練は苦痛をともなうものではなかった。ヒュプノ音声が保証したように、操作員として任務についても、エルシー・バラングにはなんの損傷ものこらないだろう。ただ一時的に自分を捨てるという、それだけのことだ。

決められた時間が過ぎれば、任務を交代して自由をとりもどせる。そのときには、心身とも強靭になっている……

エルシーはそう聞かされ、とうに抵抗を捨ててヒュプノ音声のいうことを信じた。任務はむずかしくはないだろう。彼女の心身能力からすれば、なんなく遂行できるにちがいない。

なにより重要なのは、クラスト・マグノの生命維持装置を制御することだ。クラスト・マグノはひとつの巨大有機体である。周辺部分はかさぶたになって死んだように見えるが、中心部は生命力にあふれていた。プシュートたちは、いつの日かクラスト・マグノの周辺部もまた再生させることができると期待しているのだ。そうなれば、この場所は……この聖なるもの、この生命体は……かつての価値をとりもどすだろう、と。

そのときは、無限アルマダに属するすべてのアルマディストが巡礼にやってきて、奇蹟を共有するだろう。

だが、クラスト・マグノはたんなる信仰の場でも、無限アルマダの不滅のシンボルでもない。かつてはコントロール機能を持っていたはず。ほかのクラストもすべて同じ。重要な機能を持つ指揮所であり、すなわちアルマダ中枢の出張機関であった。

クラストはオルドバンの手であり、耳であり、目であり、口であったのだ。象徴的な意味ではなく、元来の意味で。

いまもやはりそうだ。どのクラストもオルドバンの一部ということ。たとえどんなにわずかな部分も、すべて重要なのである。

いかなるクラストもオルドバンから発生したもので、もとはその一部だったのだから。

だったらクラスト・マグノは、ただの手や、目や、内臓というだけの話なのか？

それについてエルシー・バラングは回答を得られなかった。いつだって、はっきりした答えなどない。自分で辻褄を合わせるしかなかった。

ただ、クラスト・マグノがオルドバンの一器官から発生したことだけは、はっきりと聞かされた。だが、器官の元来のかたちやその機能はもう再現できないという。

永劫ともいえるほどの時の経過とともに、オルドバンの器官は突然変異を起こし、増殖していった。退化して巨大物体となったこの器官のさらなる増殖を防ぐために、クラストでおおったという可能性も、おおいに考えられる。

おそらく、元来の操作員の任務は、オルドバンの器官に医療行為をほどこして治癒させることだったのだろう。この試みは失敗だったにちがいない。というのも、クラスト・マグノが過去にどんな任務を帯びていたにせよ、もうそれを遂行していないからだ。操作員は、オルドバンの退化した器官にまだのこっているほんのわずかな生命を保持するためだけにいる。その生命は、クラスト全体とくらべれば、本当に微々たる火花にすぎない。

しかし、クラスト・マグノの維持に使われる複雑なシステムを管理するには、いまなお千名の操作員が必要だ。何度もクラスト・マグノの一部を氷化しなければならなかったので、その数はつねに減少しつづけている。それでもプシュートは、いつの日かクラスト・マグノに本来の意味と使命をあたえる希望を捨ててはいない。

とはいえ、これに関するプシュートの想像はかなり曖昧（あいまい）なものだった。まず第一に、かれらはクラストが無限アルマダのなかで、アルマダ中枢すなわちオルドバン自身に次ぐ地位にあると確信している。

さらにプシュートは、オルドバンがいつの日かこの器官をとりもどし、ほかのクラストと合わせて本来のからだにもどれるようにしなければならないと信じている。そのためにクラスト・マグノを生かしつづけているのだ。かれらもほかのアルマダ種族と同様、オルドバンが現在は人工生命体の姿で存在すると思いこんでいるから。

それでもプシュートは、オルドバンの再生を確信していた。クラスト・ヴェンドル、クラスト・シークス、クラスト・アルサ、そのほか多数あるすべてのクラストとともに、クラスト・マグノもオルドバンのからだを構成するのだ。

いつか、その日がやってくる……

……オルドバンの一器官からどのように不格好な構造物クラスト・マグノがつくられていったか、アルマダ年代記を見てだれもが知ることになるその日が。

……操作員たちがクラスト・マグノを、本来のかたちに縮小することができるようになるその日が。

……人工生命体のオルドバンが、クラスト・マグノと散在するすべての器官を集めて再構成せよという命令を、アルマダ作業工に出すその日が。

……古くて新しい肉体にもどったオルドバンが、より輝かしい状態で無限アルマダの総司令官となるその日が。

その日、長い物語が完結するであろう。

その日まで、操作員は可能なかぎりクラスト・マグノを動かしつづけ、生命を維持しなければならない。

エルシー・バラングは操作員になれて幸せだと思った。何十億ものアルマディストがひとえにあこがれる栄誉ある任務に、非アルマディストとしてつけるからというだけではない。無限アルマダの存続に向けて、ほかの大部分のアルマダ部隊よりも重要な貢献をすることになるからだ。

だが、彼女がそのように考えたのは、ヒュプノ学習の影響下にあったからにすぎない。ペリー・ローダンの手で操作ヘルメットを脱がされたとき、暗示にかけられていた世界はすべて崩壊した。

＊

ペリー・ローダンはエルシーの話を黙って聞いた。じつに幻想的な内容だ。「それがクラスト・マグノの秘密なのか」と、話が終わるといった。「クラスト・マグノはオルドバンの一器官が増殖してできたものだが、その器官の本来の大きさやかたちは推測できない。まして、オルドバンの外観など見当もつかないのだな。クラスト・マグノは本来、いったいどのような機能をはたしている……あるいは、はたしていたのか？」

「わたしもくりかえし、それをたずねました」エルシーはしだいに心をおちつかせていう。「でも、ヒュプノ学習装置は回答しませんでした。クラスト・マグノは、おそらくもう数万年も前から、すでに伝説でしかないと思います」

「わたしにもそう思える」と、ローダンも同意。「さらにくわしく追求する意味もなさそうだ。それより重要なのは、《ラナプル》の乗員仲間のこと」

エルシーの顔は突然、恐怖に満ちたようになり、

「たぶん、すでに数人がわたしと同じ運命をたどっているでしょう。ただ、どれだけのあいだ訓練されるかは、もちろん個々の能力によります。もしかするとわたしがテストケースで、ほかの人たちはまだ待機しているのかもしれません」

「そうであればいいが」と、ローダン。「それよりもっとだいじなことがある。訓練センターへの道をおぼえているか？　案内できるかね？」

エルシーはうなずく。

「はい、たしかに。ヒュプノ状態にありましたが、なにが起こったかはぜんぶおぼえています。プシュートがわたしをヒュプノ学習装置から連れだし、種々の生命ゾーンを通って、任地に連れてきたことも。クラスト・マグノのこのあたりのことはよくわかります。生命ゾーンの正確な見取図を目にすることができましたから」

エルシーは寺院のような丸天井の空間を見まわして、すべてわかっているという表情をした。

「この場所も見取図に記載されていました」と、興奮ぎみに説明する。「信仰の場です。

昔、すべてがまだ生きていたとき、ここには重要な意味があったようです。ここから訓練センターまで、弁のついた一器官が引かれていました。わたしたちの宇宙服は訓練センターの隣りの部屋に収納されています。プシュートがわたしをなだめる目的で見せたようです。操作員の義務をはたせば、解放されるという証拠として……」

「まずはそれだけわかれば充分だ」ローダンは彼女の弁舌をとめる。「背中に乗って、道案内してもらおう。わたしの反重力装置は高性能で、充分にふたり搬送できる」

「わたしがペリー・ローダンその人と救出にあらわれたら、仲間たちは仰天ですよ」と、エルシー・バラングはいって、うしろからローダンの背中に手をかけ、しっかりおぶさった。

ローダンは反重力装置を作動し、空中に舞いあがる。

「壁にそって飛行してください」と、エルシー。「それが目的地へのいちばん安全な行き方です。どこで停止するか、いいます」

ローダンは指示にしたがう。通信装置を作動。すぐにタウレクと連絡がとれた。

「やっときたか」など、ひとつ目。「プシュートとかくれんぼをするのに飽きてきたところだ。おもしろいことがわかった。クラスト・マグノがなんなのか、知っているか?」

「オルドバンの一器官が突然変異したものだ」と、ローダンは答える。「そうじゃないかと思っていたから、目新しい情報ではない。ところで、こちらは《ラナプル》の乗員がどこに拘留されているかわかった。救出にはあなたの助けが必要だ」

「すぐ行く」タウレクは約束する。「だが、ほかにもきみが知らない最新情報があるぞ。《バジス》がクラスト・マグノに向かっている。それも、プシュート艦の攻撃を受けることなく。アンがうまくやったにちがいない。会ったときにもっと話せるだろう」

「もう到着します」と、エルシーがローダンに耳打ちする。

「タウレク、急いでくれ。以上！」そういって、通信を切る。ひとつ目がいつでもこちらを方位探知できると主張していたので、すぐにくるとローダンは疑いもしなかった。

「低空飛行に」と、エルシーの指示。「なにかを咀嚼（そしゃく）するような音をたどって、空気の流れを感じたら、着地してください」

その直後、ローダンは弱い風を感じ、着地した。エルシーが背中からおりて、鍾乳石のような一連の柱を指さしていう。

「このどこかうしろに弁のついた器官があるはず。まちがいありません」

ローダンはエルシーについていく。彼女はある窪地の前でとまった。底になにか動いて見える。ローダンが注視してみたところ、こちらからあちらへ、また逆方向へと回転する粥（かゆ）状の塊りが確認できた。その割れ目から風が流れてくる。一瞥（いちべつ）すると粥状に見えるものの、じつはエルシーによれば生体組織らしい。それが何重にも枝分かれして、筋膜や筋肉、腱などを形成するのだという。反対側にいる操作員によって刺激インパルスが発生し、〝送風機〟の動きが維持されるのだ。

「この原理は教わったので、いつでも操作できます……操作を妨害することも」と、いいながら、エルシーはなにかを探す。「こちら側のエネルギー・ネットにも接続しているはずだけど……あそこだわ！」

エルシーはぶあつくなった壁のほうへ行った。その上は透明な合成樹脂層でおおわれている。

「ブラスターでこの氷化層を溶かしてもらえませんか？」と、ローダンにいう。「ただし、その下にあるスイッチ部を破損しないように注意深く。どうかしたのですか、ペリー・ローダン？」

心ここにあらずだったローダンは、かぶりを振って、

「ふと考えたのだ。クラスト・マグノとは本来、巨大な一サイボーグではないのだろうかと」

「そんなふうに思ったこともありませんでした」と、エルシー。「でも、なんの機能も持たないサイボーグなんて」

「いや、わかったものではない……」

ローダンはエルシーのさししめした場所をブラスターで狙い、弱いビームをひろい扇状にして浴びせた。薄い氷化層が蒸発する。エルシーがもういいというまで、これを何

度もくりかえした。

「充分です」エルシーは石化した個所の前にひざまずいた。軟骨のように見える、このぶあつい部分にさまざまな色の配線、あるいは筋みたいなものが接続されているのに、このときはじめてローダンは気がついた。

エルシーは思いだそうとするように目を閉じ、指でその接続をたどる。〝送風機〟の回転していた塊りが突然、文字どおり吹っ飛んで、ローダンは思わずからだをすくめた。その部分に直径二メートルの開口部が生じていた。だが、すぐに小刻みに引きつりながら閉じる。

「もう一度やってみろ」ローダンは指示した。「開閉メカニズムを見つけたようだな」なにもいわずにエルシーはそれにしたがった。回転する塊りが、こんどは縁のほうに向かって吹っ飛ぶ。このあと開口部はもう閉まらない。

ローダンは、その空間の深みをのぞきこんだ。そこには不格好な座席の列があった。

「プシュートのヒュプノ学習装置です」エルシーはかがんで、開口部の縁から丸天井空間のなかを見た。「あそこに仲間がいます。すでに操作員のヘルメットをかぶって」

ローダンも同じく、人間らしき姿を見つけた。みな、ケーブルやチューブの接続口がついたヘルメットとベルトを装着している。エルシーのほうに向きなおると、彼女の両手はあいていた。どのようにして、なにも操作しなくても開口部が閉じないようにさせているのかは、訊かなかった。

「プシュートがかれらを連れだす前に、急いで救出しないと」エルシーは急きたてる。

ローダンはすこし考えこみ、うなずいた。タウレクがくるのを待ちたかったが、時間が迫っている。操作員が任地に連れていかれてしまうと、解放はもっとむずかしくなる。

また背中に乗るよう、エルシーに合図した。反重力装置を作動させ、浮遊しながら深みへとおりていく。操作ヘルメットをかぶった大勢の男女は、不動の姿勢のままだ。いまなにが起こっているのか気づかないらしい。

「乗員は全員います」エルシーは安堵する。「わたしが姿を消したので、おそらくプシュートは混乱し、かれらを任務につけるのをためらっているのです。わたしがかれらのヘルメットをとったら、きっと驚くでしょう……」

エルシーはそこで一瞬、言葉に詰まり、叫び声をあげた。

ローダンは最初、エルシーが驚いたのだと思った。ヘルメットとベルトで壁につながれていた一生物が、はげしい痙攣を起こしたからだ。この生物は、エルシーが操作妨害した弁器官を担当する操作員にちがいない。

しかし、その操作員を苦しみから解放しようとしたエルシーは、反対の方向に引きこまれ……そこへ突如あらわれたアルマダ作業工の作業アームに捕らえられた。

罠にはまったと気づいたときは遅かった。ローダンもアルマダ作業工にかこまれ、とりおさえられる。通信でタウレクに助けをもとめることさえできなかった。

＊

タウレクは、捕まえたプシュートが知っている情報をすべて得た。とはいえ、情報量はわずかだ。クラスト・マグノがオルドバンの一器官から発生したというのも、驚くほどのことではない。だれでも思いつくだろう。

プシュートはうろたえて、話すこともそれ以上なく、タウレクはかれを釈放した。それから追跡者たちをかわし、クラスト・マグノのもっと先の部分まで調査して楽しんでいた。そこへローダンが連絡してきたのである。

クラスト・マグノについてローダンに目新しいことを話せなかったのは、すこし腹だたしい。だがともかく、ローダンの知りえない情報がいくつかはあるので、わずかに勝ったかもしれない。

ローダンとの再会をとくに急ぐこともないと、ひとつ目は考えた。情勢は完全に把握している。これまでの経験からして、クラスト・マグノで恐れるような危険はあるまい。

ロボット兵士を使いながら、いたるところへ潜入してみる。まるでゲーム感覚だ。

ローダンの個体振動を探知。敏速に移動しているのがわかった。タウレクはそれを問題なく追っていく。やがて、ローダンのインパルスが遠ざからなくなり、目的地に到達したのだと想定する。

それでもタウレクは急がなかった。

《ラナプル》乗員の救出はまだいいだろう。もうすこしのあいだ、操作員として従事しなければならなくても、それほどひどいことではない。なにも害にはならないとわかっているから。

タウレクは楽しそうに笑う。

ローダンはおそらくべつの考え方だと思ったのだ。当事者の乗員たちも、ひどい目にあったと、のちに大騒ぎするだろう。だがタウレク自身は、操作員になりたいとさえ考えている。

心身ともにオルドバンの一部と一体化すると想像するのは、じつに魅力的だ。それは実際に、無限アルマダの最高司令官のことを知る唯一のチャンスである。だが、ローダンはけっしてそのような試みを理解しないだろう。あのテラナーは、仲間を救出して安全な場所に避難させることしか考えていないのだ。

それを受け入れるしかあるまい。

それでもタウレクは、ふたつの通信連絡に時間を割くことにした。

まず《バジス》につなぐ。ロワ・ダントンがみずから応答した。

「どうしてこれほど連絡が遅くなったのだ！」と、ペリー・ローダンの息子が叱責した。

「プシュートがクラスト・マグノに接近する許可をあたえると連絡してこなかったら、テレポーターを支援に送るところだった」

「それはうまくいかないな」と、タウレク。「クラスト・マグノは反プシオン・フィールドで保護されている。グッキーとラス・ツバイはそこで引っかかってしまっただろう」

「すまないが、みじかい状況報告をしてくれないか？」

タウレクは要求に応えた。また、プシュートのかかえる問題……操作員の獲得と睡眠候補者のこと……も、忘れずにつけくわえた。かれらの睡眠ブイを早く見つけなければ、クラスト・マグノは朦朧状態のプシュートたちであふれてしまう。

「あなたにはどうやら、父や《ラナプル》乗員のことよりも、アルマディストの運命のほうが心配なようだな」ダントンは憤慨した。

「状況の問題性を説明しようとしているだけだ」タウレクは辛抱強くいう。「乗員五十人の救出はそれほど困難ではないだろう。ただ、問題はその方法だ。暴力でいくか、あるいは繊細な感覚をもってやるか。ペリーもきっと、プシュートになにか代償を呈示しなければならないという意見だと思うが」

ダントンは笑いをおさえているようだ。それから、こう応じる。

「コスモクラートの賢いお気にいりに本音を吐かせることができたらしい。心配無用だ、タウレク。われわれ、プシュートに満足のいく解決策をしめすことができるだろう。ただ、それについては父としか話すつもりはない。あなたはせいぜい好奇心をふくらませていてくれ。《ラナプル》乗員の救出だけに専念してもらいたい。そのほかの問題は、ぜんぶわれわれが解決する……もちろん、繊細な感覚をもって」

次の通信相手はジェルシゲール・アンだ。シグリド人は、プシュートの指揮官クレンド・ハールをあざむき、《バジス》をクラスト・マグノの視界内に接近させることを認めさせたと報告した。

「とはいえ、かなり疑っているようだった」と、アン。「どのくらいのあいだ、引きとめていられるかわからない。それに、ハールがかんたんにテラナーを解放するかどうかも疑わしい。操作員が緊急に必要なのだから」

「それならば、捕虜のところに連れていくよう提案してみてはどうか」と、タウレクは指示する。「テラナーたちを説得して自由意志で滞在させるようにしたいとか、適当なことをでっちあげればいい。重要なのは、指揮官に同行させること。ローダンとわたしもそこに行く」

「わかった」シグリド人は約束する。「できるだけ早くクラスト・マグノからはなれたい。ここにいたらリウマチがひどくなるばかりだ」

「というより、期待に反してアルマダ中枢とコンタクトできそうもないので、がっかりしたんじゃないか？」

タウレクは笑い、アンの反応を待たずに通信を切った。つまり、シグリド人もクラスト・マグノには失望したということ。アンは運命に満ちたこの場所を崇拝しているのではなかったのか？

ローダンの個体インパルスのすぐ近くにきた。ついにクラスト・マグノの生命ゾーンだ。さまざまな種族の操作員がいる。

最初の予定を変えることにした。ロボット兵士たちを兵舎にもどし、自分は困難回避のため、不可視の姿になる。必要以上に時間を使いすぎてしまった。ペリー・ローダンの個体インパルスがとどいてくるのは、生命ゾーンの中央、それも大勢の操作員がいる場所からだ。タウレクはすこし心配になった。

「ペリーのことだから、ちゃんと考えた行動をとったはずだが……」と、タウレクはつぶやく。ひとり言をいったことに気づき、自分に腹がたった。ひとり言のくせがあったのは過去のこと。孤独の苦しみはもう克服したのだ。よき友ペリー・ローダンがいるし、ゲシールも見つけた……

そのとき、タウレクは驚いて跳びのいた。ヘルメットとベルトを装着してクラスト・マグノに接続された一操作員が、ローダンの個体インパルスを持つとわかったからだ。

自分の安全もたしかめず、ふたたび姿を可視化して、テラナーのヘルメットを脱がす。

ローダンの無表情な顔をじっと見つめ、

「悪かったな、テラナー」と、謝った。のこりの接続部も切断して、からだから胴体ベルトをはずす。「ちょっとおしゃべりにかまけてしまった」

ローダンは目を開け、タウレクを奇妙な顔つきで見つめると、思いもよらないことをいった。かれの口から出ると正気を失ったように聞こえるが、じつはいたってまともである。ローダンは完全に健康な精神状態でこういったのだ。

「わが好みをいうと、くるのがすこし早すぎたな。もうすこし操作員でいてもよかった。そうすれば、ひょっとすると元来のオルドバン器官までたどりついて、なにか関連性がわかったかもしれない」

タウレクはにやりとし、驚きとともに断言した。

「われわれ、思ったよりもずっと似ている」

9

すべての出来ごとはクレンド・ハールに関わりなく過ぎていくようだ。かれはなかば睡眠者となり、もはや状況を把握できなくなっていた。それでも責任感でじっとしていられず、走りまわり、ふたたびテゲン・メトと指揮官の任務を交代したのだった。

だが、テゲン・メトは後任だったみじかいあいだに、むずかしい問題をのこしていた。アルマダ第一七六部隊のシグリド人で全権代理のジェルシゲール・アンと交渉し、そのさい不手際で、クラスト・マグノの保安ゾーン境界まで接近する許可を巨大宇宙船《バジス》にあたえたのだ。

これを事後変更することは、クレンド・ハールにはできない。おまけに、ジェルシゲール・アンは強い立場を得て、さらなる要求を突きつけてきた。

とほうもない要求である。新しく操作員となった五十人を解放しろというのだから。かれらはテラナーといい、無限アルマダに統合される予定の補助種族だそうだ。

しかし、どうもクレンド・ハールには信じられない。操作員五十人を失うのは困る。

だがいっぽう、シグリド人の怒りを買うのもごめんだった。相手はとにかく全権代理だ。いったいだれに送りこまれたのか？　オルドバン自身がおのれの一器官を検査させ、再利用が可能かどうか調べさせようとしたのだろうか？　ジェルシゲール・アンは明確な回答をしない。こうして駆け引きがはじまった。

クレンド・ハールは劣勢な立場だ。体調はすぐれないし、過度の疲労により生来の運動欲求がくりかえし出現する。おまけに、アルマダ作業工からときどき人工栄養をあたえてもらわなければならない。なんという恥辱だ！

「ジェルシゲール・アンは捕虜のテラナーと会見したい」と、全権代理は要求してきた。オルドバンの全権代理か？　アルマダ中枢から派遣されたのか？　そのような影響力ある者とは、うまくやらなければ。カグールの消息について情報を明かしてもらえるかもしれない。

緊急に睡眠段階に入らなければならないプシュートの数は、すでに十一万におよんでいた。クラスト・マグノの昏睡ゾーンは超満員だ。クレンド・ハールは、さらにひろい範囲の機能をとめて氷化させる命令を出すべきなのか？　それで当面、操作員問題は解消できるだろうが。

「ジェルシゲール・アンには、徴募された非アルマディストたちのようすを見てもらいたい」と、クレンド・ハール。「かれらは捕虜でなく、選ばれた者たちだ。そのことをつねに考慮していただきたい。クレンド・ハール自身が同行する」

クラスト・マグノのさまざまなセクターから、報告が入ってきていた。侵入者一名が破壊行為をして混乱を引き起こしているというのだ。まだ捕まっていない。アルマダ作業工が侵入者の特徴をとらえていないため、身元も所属も特定できない。アルマディストか否かも不明である。

クレンド・ハールは、それがジェルシゲール・アンの仲間だという疑念をのぞけなかった。侵入者と全権代理が同時にあらわれたのはあまりにも偶然すぎる。それに、第二の侵入者もいる。ジェルシゲール・アンの補助種族だというテラナーのひとりだ。すでに捕獲し、たいした訓練もせず操作員として任務につけた。かなりうまくこなしているようだ。

操作員の任地である生命ゾーンに行く途中、ジェルシゲール・アンが何度か、クラスト・マグノの状況について否定的なことを述べた。早く去りたいとの希望も伝えてくる。なにげない発言だったが、クレンド・ハールにとっては、恒常器官への一撃にひとしかった。パニックが起こる。できればこの場から逃げだしたい。走って、走って……

最悪の予感がする。全権代理の考えを変えさせ、クラスト・マグノとプシュートの味方につけるため、なんでもしようとハールは思った。この男が本当にオルドバンの使節だとして、アルマダ中枢に否定的な報告をするようなら、クラスト・マグノにとってただならぬ結果となるだろう……クラスト・マグノはプシュートたちの生きがいなのだ。目の前に幻影があらわれる。プシュート種族がオルドバンに追放され、いくつかのアルマダ部隊から殲滅されるというヴィジョンだ。恐ろしい！　以前であれば、そのようなやり方は不適当で、不可能だと思っただろう。だが、無限アルマダ全体が混乱して、アルマダ中枢がまったく応対しない現時点では、どんなことでも起こりうる。

プシュートは戦う！　クレンド・ハールはひそかに心のなかで決意し、テラナー操作員の任地に到達したとき、ついに全権代理にこう伝えた。

「クレンド・ハールはテラナー操作員をジェルシゲール・アンに返還しないことにする。プシュートにはそうできないし、そうするつもりもない。操作員はクラスト・マグノが生きつづけるための保証であり、いずれにしても五十名ではすくなすぎる。そのため、さらに多くの操作員を《バジス》から徴用する決断をした」

ところが、いいおわったとたん、クレンド・ハールは思いがけぬ不快事を体験することとなる。突然、随行していたアルマダ作業工がブラスターの攻撃にあい、倒れたのだ。エネルギーの嵐がしずまったとき、揺らぐ空気のなかからテラナーたちがあらわれた。全員、すでに操作員ではない。解放された、ただの非アルマディストだ。

五十名の円陣から、ペリー・ローダンとタウレクと名乗るふたりが出てくる。暴動を起こした煽動者ふたりだ。ローダンのほうが近よってくる。

「きみはわれわれの捕虜だ」

なにか機器を使い、アルマダ共通語でそういう。品のない、エゴイスティックな話し方だ。聴覚神経が痛みをおぼえる。だが、それをクレンド・ハールが指摘しても、ペリー・ローダンはまったく配慮しない。かれは有能な操作員であったかもしれないが、プシュートにとって品位ある交渉相手ではない。

「こちらの条件をのむ以外、きみに選択肢はない、クレンド・ハール」ローダンはつづける。「われわれ、クラスト・マグノの重要な生命ゾーンを占領した。いつでも破壊できる。きみはそれを望まないだろう」

「テラナーはクラスト・マグノを破壊してかまわない。操作員なしでは、どちらにしても死を宣告されたようなものだ」と、クレンド・ハール。

「そう誇張するなよ」タウレクと名乗ったもうひとりが割りこむ。クラスト・マグノをひどく破壊した者にちがいない。その俗なアルマダ共通語を、できればクレンド・ハールは聞きたくなかった。心が痛んだ。だが、選択肢はない。この野蛮な者たちと対峙しなければならないのだ。タウレクがつづける。「もうクラスト・マグノのことは充分にわかった。テラナーなしでも存続していけると確信している。ただ、これがなんの意味を持つかということだけは、疑問としてのこるが」

クレンド・ハールは聞いていられない。すぐにでも走りだしたい……走るか、あるいは眠るか。いますぐカグールの睡眠箱に行けたら、どんなにいいだろう。だが、睡眠段階に入る前に疲れはてて死にそうだ。

「われわれ、仲間たちを《バジス》に連れて帰るとかたく決意している。どんな犠牲をはらっても」と、ペリー・ローダン。おだやかで理解力に富み、同時に断固とした口調だ。強い意志の持ち主ということ……どれほど卓越した操作員になっただろうか！　クレンド・ハールの考えがわかったかのように、ローダンはつづける。「この銀河を飛行するうち、操作員は見つかるだろう。クラスト・マグノを維持するためのきみたちの方法はいいとは思えないが、残念ながらわたしには阻止できない。それでも、できれば阻止したいのだ。クラスト・マグノは意味のない場所になってしまったと、わたしは確信しているから。きみたち種族は根本的に考えをあらためるべきだ、クレンド・ハール。プシュートには無限アルマダ内でかならず意味のある任務が見つかる」

それは、非アルマディストだからいえることだ。全権代理のジェルシゲール・アンにさえ、そう思えたらしい。アンはこういった。

「どの種族にとっても、生きる支えは意味のあるもの、ペリー・ローダン。無限アルマダには独自の秩序があり、プシュートの掟もその一部なのだ。テラナーもそれを尊重すべきだ」

「それをきみがいうのか、アン？　いまだ、トリイクル9の状況に関する責任がわれわれにあると考えているのに」と、ローダン。「社会構造の評価などについて哲学的考察はしないでおこう。プシュートが自分たちのやり方で幸福ならそれでいい。ただ、われわれはその犠牲にはならないということだ」

テラナーは行ってよし。クラスト・マグノを去り、《バジス》で遠ざかるがいい。すぐに艦を出して追跡させるから……と、クレンド・ハールはひそかに決意した。《バジス》を屈服させるのに、全部隊を動員することになってもかまわない。そうすれば充分な操作員を確保できる。何千ものテラナーが乗船しているはずだ。その助けでクラスト・マグノをさらに再生させよう……

そこでクレンド・ハールは夢から現実にもどされる。〝俗語〟を話すペリー・ローダンの声が聞こえたのだ。

「われわれ、クラスト・マグノから撤退する前にたのみごとをしたい、クレンド・ハール。ジェルシゲール・アンから聞いたことだが、クラスト・マグノには〝年代記の記録官〟と呼ばれる設備があるとか。われわれもぜひ見てみたいものだ」

「これはとくにジェルシゲール・アンの希望でもある」と、シグリド人の全権代理。

「そこに案内してもらおう」

クレンド・ハールは拒否するが、ジェルシゲール・アンは譲らない。そこで、すくなくとも非アルマディストを記録官に近づかせないよう、試みた。ジェルシゲール・アンはしぶしぶ同意するものの、ペリー・ローダンとタウレクは反対した。かれらが脅しをかけてきかねない。クレンド・ハールはしかたなく、全員を記録官のもとへ案内する。行く道すがら、アルマダ作業工がイニシアティヴをとり、すべての問題の解決策を見つけるのではと待ち望んだ。だが、アルマダ作業工は攻撃してこない。

やがて、かれらは記録官の前に立った。テラナーもジェルシゲール・アンも、記録官を綿密に観察している。クレンド・ハールにとっては、年へて威厳あるものを汚す視線だ。これはいままで自分が、つまりはプシュート種族が受けた最大の屈辱といえよう。さらに悪いことに、ペリー・ローダンは記録官についてさげすむように俗語で言及する。

「これは大昔のデータ記憶バンクのようだな。いたるところに青錆がついている。見るかぎり、長いあいだ機能してないらしい」

くわえて、タウレクが威厳あるものを汚す行為をつづけた。手足でさわり、工具のようなものまで使って。

目ざめよ、記録官！　かれらに有無をいわさない言葉を投げ返せ。だが、記録官はいつものように黙っている。

「ペリー、きみのいうとおりだ」と、タウレク。「かつてこのコンピュータがいかなる知識を保管していたにせよ、もう永久に失われた。再起動させるのは不可能だ。エネルギーを供給すれば、崩壊するだろう」

「アルマダ年代記のコピイが見つかると、本気で信じていたのだが」と、ローダン。

「せいぜい、古いコピイのコピイのそのまたコピイくらいだろう。その古いコピイだって、オリジナルではない」と、ジェルシゲール・アン。「プテモ＝オガイデンとのいきさつを、ふたたび眼前にしているようだ。かれらはかつて、アルマダ年代記のにせものを啓示書とみなし、真理としてひろめようとした。そうなれば、無限アルマダ全体に危険がおよんでいた。二度とくりかえされてはならない……」

ジェルシゲール・アンが言葉の途中で恐ろしい行動に出たため、クレンド・ハールは麻痺したようになる。アンは武器をとりだし、記録官を撃ったのだ。記録官は燃えあがり、灰となる。

衝撃の瞬間が過ぎると、クレンド・ハールの麻痺は消え、こんどは走りまわった。これでハイパーキネスの状態になり、倒れて死ぬまで動きまわることは、自分でわかっている……そうなればエネルギー圃場に捨てられるのだ。ところが、ハールの前にテラナーたちが立ちはだかった。力を合わせてかれを捕まえ、運動欲求発作がおさまるまではなさない。

「ジェルシゲール・アンの意図をわれわれが知っていたら」と、ペリー・ローダンがいう。「阻止していた。われわれはあの行為に賛同しない。信じてほしい、クレンド・ハール。われわれはきみが思っているような蛮人とはまったくちがう」

「クレンド・ハールは他者をその行為から判断するのみ」と、ハールは応じる。「クレンド・ハールはテラナーを、アルマダ中枢が殲滅せよと最後に命じた敵とみなす。プシュートはオルドバンの意志を遂行する」

クレンド・ハールはこの瞬間、脅しを実行すると決意した。クラスト・マグノの存続に関する心配は背景に押しやられる。

「プシュートのなかでアルマダ炎を失った者はいるか？」唐突にペリー・ローダンが訊いた。

この質問はまったく予測していなかったので、クレンド・ハールは無意識に答える。

「二名いる。アグレンチ・コールとムレグ・デント」

「白いカラスのもとに行けば、アルマダ炎を調達できると聞いたのだが」

「調達はできる。ただし、法外な代償が必要だ。クレンド・ハールはアルマダ炎ふたつを得るために、記録官を提供しなければならないところだった」

「たしかに高い代価だ」と、ローダン。「どこで白いカラスに会えるのか？」

「小飛行士を探さなければならない」

「クレンド・ハールのいう〝小飛行士〟とはなんだ？」

……小飛行士……小飛行士……ペリー・ローダンがはじめてプシュート式作法で話し

かけたことにも、クレンド・ハールは気づかない。声は聞こえたが、なにも感じない。

クレンド・ハールはもう意識的に知覚できなかった。ただ、痛いほどの疲労があるだけ。すでに最終段階に達していた。なにもかれを起こせない。崩壊寸前だ。もう、エネルギー圃場に消えることしか望んでいない。

そんな痛みと苦しみに満ちたなかで、えもいわれぬ幻影を見た。

霧のなかから、荘厳な外観の一物体があらわれる。大きさはクラスト・マグノの半分ほど。だが、クラストのように不格好ではなく、なめらかな表面のシリンダーだ。両端はまるみを帯び、突出部を持つ。外被は深みのあるおちついた黒色で、グーン・ブロックが数十機ついている。

睡眠ブイだ。近づいてくるにつれ、吉兆をしめす名前が読めるようになった。

〝カグール〟とある。

クレンド・ハールに安らぎがもどった。たとえこれが夢であっても、睡眠ブイをもう一度眺められたことに感謝する。

だが、ペリー・ローダンの俗な言葉が聞こえ、幻影は消える。ローダンはいった。

「これは、われわれからプシュートへの贈り物だ。失った操作員五十人の代償だと思えばいい。われわれがクラスト・マグノ内でしでかした損害への賠償としたい」

ローダンの言葉が睡眠ブイの映像をもたらしたのだと、ようやくクレンド・ハールは

気づく。だが、どうしてそれが吉兆の幻影を呼び起こせるのか、理解できない。「ペリー、ロワ
「きみのいったことがわかっていないようだ」タウレクが割りこんだ。「ペリー、ロワから通信で聞いたことをくりかえしてみては」

「よく聞いてくれ、ハール」と、ペリー・ローダン。「《バジス》の調査船が、数光年はなれたところで一睡眠ブイを見かけたのだ。ボトル艦が数隻そばにいたことから、プシュートの睡眠ブィとしか考えられないという。睡眠者に関するきみたちの苦境を知ったからには、カグールの座標をぜひ伝えたい。ま、和解のためのちょっとしたプレゼントだ」

カグール。

これのためなら、クレンド・ハールはすべてわたしてもいいと思う。操作員五十名でさえも。操作員は補充できるだろうが、睡眠ブイがなければ、ほかのアルマダ部隊のものを乗っ取るしかない。それは平和的なプシュートには考えられなかった。

「クレンド・ハールはテラナー操作員に自由をあたえる!」と、催眠状態のようにいう。危機は乗りこえた。すでにカグールの睡眠箱にいる気分だ。先のことはテゲン・メトが決めればいい。「全権代理ジェルシゲール・アンとテラナーは自由通行権をもって、アルマダ第七三八一部隊の宙域を《バジス》で去るがいい」

これがクレンド・ハールのアルマダ司令官としての最後の任務である。

そのあとは、ただ疲労感だけがあった。

*

ペリー・ローダンは、睡眠ブイが到着するまでクラスト・マグノにとどまるようにというプシュートの要求を受け入れた。自分がかれらの立場であっても、この状況ではそうさせるだろう。いずれにせよ、クラスト・マグノの表面で解放されれば、近くにいる《バジス》と自由に交信することもできる。

到着を待つあいだにローダンは、《ラナプル》の船長ボザー・ファングルと話した。ファングルはほかの者たちと同様、すこしのあいだクラスト・マグノの操作員をつとめ、ぶじに切り抜けていた。しかし、数人の乗員には軽度の恐怖症が見られるという。ヘルメット着用時の圧迫感を訴えているらしい。これはむろん、操作ヘルメットをつけたことが原因だ。

「そのうちにかならず治るでしょう」ボザー・ファングルは、黒い肌と強烈なコントラストをなす白く輝く歯を出して笑うと、また真剣な顔で、「《ラナプル》のことは嘆かわしい。船なしでは、自分が役たたずで丸裸のような気がします」

「《バジス》には搭載艦艇が山ほどある」と、ローダンは答える。「きみと乗員たちにふさわしいものを見つけだせるだろう。ただ、《ラナプル》のデータ記憶装置と宙航日誌の損失が残念だ。おそらくデータのなかに、銀河系船団のほかの部隊の手がかりがあったかもしれない」

「そのようなものはありません」と、ボザー・ファングルは断言する。「プシュートが攻撃してくるまで、われわれ、ほかの船の出現をずっと待っていました。《ラナプル》だけがM‐82に漂着したと思えて」

ローダンはかぶりを振った。

「それはちがう」

《バジス》から、プシュートの睡眠ブイがようやく到着したと連絡が入る。テゲン・メトがこれを確認し、《バジス》に《ラナプル》の乗員を帰還させる搭載艇を送る許可を出した。

「では《バジス》で会おう」ローダンはボザー・ファングルと別れる。クラスト・マグノ近傍に《バジス》搭載軽巡洋艦があらわれ、乗員五十人を収容した。ジェルシゲール・アンも希望して同行する。

「シグリド人は《シゼル》を信頼していないようだな」と、タウレクはおかしそうにいい、自分の乗り物の鞍に似た操縦席にすわった。

「というよりは、あなたを信頼していないのさ。それに、またあらたな冒険飛行に出発するのではないかと恐れている」と、ローダン。「アンはできるだけ早く部下のところにもどって、クラスト・マグノのことを報告したいのだ」

「クラスト・マグノとアルマダ中枢が直接つながっていないとわかると、みな本当に落胆するな」

ローダンもうなずく。

「わたしもそうだ。だが、すくなくともクラストというものがなにかはわかった」

「それでも、クラスト・マグノのことからクラスト一般について早まった推理はしないほうがいい」

「そうだな」

遠くに睡眠ブイ〝カグール〟が、まだちいさいシリンダーとして見える。一隻めの連絡船が睡眠候補者を乗せて、クラスト・マグノを出発した。

「そろそろ時間だ」ローダンは《バジス》と連絡をとり、指令を出す。「ただちに出発の態勢をととのえよ。できるだけ早くここを出なければならない。目下、プシュートは睡眠者たちの収容に従事しているが、それが終了すると操作員の問題を思いだすだろう。その時点で、連中がばかな考えを起こさぬよう、《バジス》は早くこの宙域を去らなければならない」

タウレクは《シゼル》をスタートさせ、《ラナプル》の乗員を収容した《バジス》搭載艦のうしろを飛んでいきながら、いった。

考えこんでいるな。なにが頭に浮かんでいるのかと気になる」

「いろいろなことだ」ローダンは力強くうなずく。「結論を急ぐのはよくないとわかっているが、クラスト・マグノについて知ったことから、〝アルマダ中枢〟という言葉にまったく新しい意味がくわわったように思うのだ」

「つまり、中枢すなわちクラストの〝心臓〟ではないかと？」

「言葉どおりとってはいけないが……ま、そんなところだ。思わず、あなたが兵舎から出す〝おや指ロボット〟のことを考えてしまった」

「ふむ、どこに関連性がある？」

「おや指の大きさで兵舎から出てくるところを見ても、なにになるのかまったくわからないが、大きくなると、もとの姿を想像することができない。遠い過去、クラスト・マグノもオルドバンの〝おや指〟だったのかもしれないぞ。それが、いまはどうだ！」

「なんていう比較だ、ペリー」タウレクはあきれる。「もっと重要なことを考えているかと思ったが」

「考えているとも」ローダンは突然、熱をこめていった。「トリイクル9作戦に関してはずっと、無限アルマダを統治している権力者がアルマディストたちを悪用している気がしてならないのだ。なにかおかしい。その証拠はたくさんある」

「それで、どうするつもりなのだ？」

「状況が許せば、いつかアルマダ中枢に行く」と、ローダン。「断固そう決めた」

「きみは以前、こういっていたな……無限アルマダを、人類が宇宙の深淵に挑むための乗り物として使いたい、と」

ローダンは否定するように手を振り、

「充分に練りあげた構想ではない。だが、オルドバンの秘密はなんとかして明かしてみたい」

「どんな危険がともなうか、わかっているのだろうな?」

「もちろんだ。無限アルマダ内でさらに行動しつづけたいなら、なんとしてもアルマダ炎を手に入れなければ」

「では、小飛行士のところで白いカラスを探そうではないか、ペリー!」と、タウレクは迫る。「《バジス》からはなれよう。またあとで見つけられるから。ただちに冒険に出発だ」

「ことわる!」ローダン。「すべて緻密に計画してからだ。あなたのように、やみくもに冒険に突進することはできない。わたしには大きな責任がある」

「こっちもだ」タウレクはいいかえす。「わたしにも釈明の義務がある……高位の権威すなわちコスモクラートに対して」

ふたりは《バジス》に到着。タウレクは《シゼル》を用意された格納庫に入れる。ローダンは司令室に行くと、すぐに出発の合図を出した。

《バジス》は最高加速でアルマダ第七三八一部隊の宙域からはなれていく。プシュートはなおも、睡眠者をカグールに収容することに忙しく従事していた。

あとがきにかえて

稲田久美

翻訳チームに参加させていただくことになり、初めてこのローダン・シリーズについて説明を受けたとき、その内容のスケールの大きさもだが、それに加え、ドイツでシリーズものとして、半世紀以上も続いていることに驚いた。

この私の初翻訳の巻は本国で一九八二年に出版されたものである。その頃私は、ドイツ南西部の小さな大学町チュービンゲンに住んでいた。わたしにとって、チュービンゲンの名とともに思い起こされるのは、その四年後に起こったチェルノブイリ原発事故のことだ。事故後の数カ月間は私の人生の中でも忘れられない時間となったが、年とともに少しずつ記憶の中から消えかけている。

スカンジナビアで異常な放射線量が観測されたことから始まる。遠いところの話くらいにしか思っていなかったのが、調べていくとソビエト連邦からくるものだと確認された。ようやく、ソ連のタス通信がチェルノブイリ事故を世界に発信する。それでも自分の住んでいるところは一五〇〇キロメートルくらい離れていて、危機感は薄かった。

やがて騒ぎが大きくなり、原発の爆発の次第が明らかにされていく。ドイツの内務大臣は、心配する必要はないと声を上げた。

前後関係ははっきり覚えていないが、それでも、ドイツ気象庁の予報官チームが、その大量に放射能を帯びた気流がドイツ南部に流れ込むと予報を出したことで、事態は急に私たちの生活を脅かすものとなった。子供がまだ小さかったので、とにかくまだ汚染されていない牛乳、食料品を備蓄することに奔走した。やがて雨が降り、地上が汚染され、遊び場も土や砂を交換するまで、使用できなくなった。

ドイツで五月は、「麗しの五月」というほど、長い冬から解放され、晴天であたたかくなるすばらしい季節である。そのような青空のもと、遊び場から子供の姿が突如消えた。時にはうるさいくらいの子供たちの笑い声、叫び声、泣き声が消えた。少なくとも私たちの住む南ドイツの小さな大学町では。不思議なというより、異様な光景だった。太陽が輝き、普段ならば、大人も子供も外で過ごすのがドイツ人の習慣なのだが、人の姿が消えた。ぼんやり外を眺めながら、これが世界の終わりなのかと思ったものだった。

私たちは不安の日々を過ごした。

やがて時間が経って、だんだんと元の生活に戻っていった。ただ森の汚染に関して、キノコや、それを食するシカやイノシシの肉はセシウム137が大量に残った。もともとそのような肉類は食してはいなかったので気にすることもなかったが、キノコを買うときは必ず人工栽培されたものだけにした。

去年（二〇一六年）は、チェルノブイリ原発爆発事故からちょうど三十年で、ドイツでは、いくつものドキュメンタリー番組が放映された。私の友人が、彼女の夫がその一つにインタビュー出演するとメールをしてきた。その番組を見て初めて、当時ドイツ南西部に高い放射線量の気流が入り込むと予報を出したのが、まさに友人のご主人であったというのを知った。その友人夫婦と知り合ったのは、チェルノブイリから十五年経った頃で、彼はすでに気象庁の高官であり、またチェルノブイリの話をすることもなかったので、まったく知るよしもなかったのだ。私の意識の中であの事故は遠ざかっていた。その後、「元予報官」に会う機会があって、あの時情報を流してくれた恩人だと、しみじみと感謝した。パニックを恐れて、情報を隠すように圧力がなかったのかきくと、それはなく、自分は予報官としての役割を果たしただけといっていた。

その気象予報官の一番の親友のかたが数年前亡くなったのだが、昔からのローダン・ファンだったそうだ。若いころは仕事のストレス解消として毎週楽しみにしていたらしいが、子供が大きくなるとローダンの発売日に息子と誰が先に読むかで毎回争い、リラックスの一部がストレスに変わってしまったということだ。そうやって読者の世代継承も果たされたのかと妙に納得した。

キオスクに恋愛物冊子とならんでおかれている、このめだたない薄い週刊ローダン・シリーズには、ドイツだけでなく世界中に熱狂的なファンがいて、半世紀以上続いているなどと想像するのは難しい。しかし、雑誌（ヘフト）から出発して、すでにハードカバーも電子本もそろい、むろん映画化もされたことがあるというから一人ただ感心するばかりである。

〈ローダンNEO①〉

スターダスト

PERRY RHODAN NEO STERNENSTAUB

フランク・ボルシュ

柴田さとみ訳

二〇三六年、スターダスト号で月基地に向かったペリー・ローダンは異星人の船に遭遇する。それは人類にとって宇宙時代の幕開けだった……宇宙英雄ローダン・シリーズ刊行五〇周年記念としてスタートした現代の創造力で語りなおすリブート・シリーズがtoi8のイラストで遂に日本でも刊行開始　解説／嶋田洋一

ハヤカワ文庫

レッドスーツ

Redshirts

ジョン・スコルジー

内田昌之訳

〔ヒューゴー賞&ローカス賞受賞〕

銀河連邦の新任少尉ダールは、憧れの宇宙艦隊旗艦に配属される。だが、彼と新人仲間はすぐに周囲で奇妙な事象が頻発していることに気づく。自分たちは何かに操られているのか……？　アメリカSF界屈指の人気作家スコルジーが贈る宇宙冒険ユーモアSF。解説／丸屋九兵衛

ハヤカワ文庫

ヒトラーの描いた薔薇

Hitler Painted Roses and Other Stories

ハーラン・エリスン

伊藤典夫・他訳

無数の凶兆が世界に顕現し、地獄の扉が開いた。切り裂きジャックを筆頭に希代の殺人者が脱走を始めたとき、ただ一人アドルフ・ヒトラーは……表題作「ヒトラーの描いた薔薇」をはじめ、初期作品から本邦初訳のローカス賞受賞作「睡眠時の夢の効用」まで、米国SF界のレジェンドが放つ全十三篇。解説／大野万紀

破壊された男

The Demolished Man

アルフレッド・ベスター
伊藤典夫訳

〔ヒューゴー賞受賞〕二十四世紀、テレパシー能力をもつエスパーの活躍により計画犯罪は不可能となり、殺人は未然に防がれていた。だが、謎の悪夢に悩むモナーク産業の社長ベン・ライクは、ライバル企業の社長殺害を決意する⁉　心理捜査局総監パウエルと殺人者ライクの息詰まる死闘を描く傑作。解説／高橋良平

女王陛下の航宙艦

ARK ROYAL

クリストファー・ナトール
月岡小穂訳

今ではほぼ現役を退いて、問題を起こした士官の配属先になっていたイギリス航宙軍初の戦闘航宙母艦〈アーク・ロイヤル〉に出撃命令が下った。辺境星域の植民惑星が突如謎の戦闘艦に攻撃を受けたというのだ。「サー」の称号を持つ七十歳の老艦長が、建造後七十年の老朽艦とともに強大な異星人艦隊に立ち向かう！

白熱光

Incandescence

グレッグ・イーガン
山岸 真訳

はるかな未来、一五〇万年のあいだ意思疎通を拒んでいた孤高世界から、融合世界に使者がやってきた。未知のＤＮＡ基盤の生命が存在する可能性があるという。その生命体を探しだそうと考えたラケシュは、友人とともに銀河系中心部をめざす！……現代ＳＦ界最高の作家による究極のハードＳＦ。解説／板倉充洋

ハヤカワ文庫

時をとめた少女

The Girl Who Made Time Stop and Other Stories

ロバート・F・ヤング
小尾芙佐・他訳

六月の朝、ロジャーは赤いドレスの背の高い魅力的な女の子と出会った。そして翌朝、彼は青いドレスを着た風変わりな女の子に出会うが……時間恋愛ＳＦの名品である表題作をはじめ、千夜一夜に登場するシェヘラザードに恋した時間旅行員の「真鍮の都」など、愛と抒情の詩人ヤングの名品七篇を収録。解説／牧眞司

ケン・リュウ短篇傑作集1

紙の動物園

The Paper Menagerie and Other Stories

ケン・リュウ
古沢嘉通編・訳

泣き虫だったぼくに母さんが作ってくれた折り紙の動物は、みな命を吹きこまれて生き生きと動きだした。魔法のような母さんの折り紙だけがぼくの友達だった……。ヒューゴー賞／ネビュラ賞／世界幻想文学大賞という史上初の3冠に輝いた表題作など、第一短篇集である単行本『紙の動物園』から7篇を収録した、胸を震わせる短篇集

ハヤカワ文庫

ケン・リュウ短篇傑作集2

もののあはれ

The Paper Menagerie and Other Stories

ケン・リュウ
古沢嘉通編・訳

巨大小惑星の地球への衝突が迫るなか、人類は世代宇宙船に選抜された人々を乗せてはるか宇宙へ送り出した。宇宙船が危機的状況に陥ったとき、日本人乗組員の清水大翔は「万物は流転する」という父の教えを回想し、ある決断をする。ヒューゴー賞受賞の表題作など、第一短篇集である単行本版『紙の動物園』から8篇を収録した傑作集

ハヤカワ文庫

HM=Hayakawa Mystery
SF=Science Fiction
JA=Japanese Author
NV=Novel
NF=Nonfiction
FT=Fantasy

宇宙英雄ローダン・シリーズ〈555〉

クラスト・マグノの管理者(かんりしゃ)

〈SF2147〉

二〇一七年十月 二十 日 印刷
二〇一七年十月二十五日 発行

（定価はカバーに表示してあります）

著者 マリアンネ・シドウ エルンスト・ヴルチェク
訳者 星谷(ほしや)　馨(かおり)　稲田(いなだ)久美(くみ)
発行者 早川　浩
発行所 株式会社 早川書房
郵便番号 一〇一 - 〇〇四六
東京都千代田区神田多町二ノ二
電話 〇三 - 三二五二 - 三一一一（大代表）
振替 〇〇一六〇 - 三 - 四七七九九
http://www.hayakawa-online.co.jp

乱丁・落丁本は小社制作部宛お送り下さい。
送料小社負担にてお取りかえいたします。

印刷・信毎書籍印刷株式会社　製本・株式会社川島製本所
Printed and bound in Japan
ISBN978-4-15-012147-1 C0197